U0914141

大鱼

有爱的青春陪伴者

九骨书

Jiu Gu Shu

韦恩 著

（本书纯属虚构）

天津出版传媒集团

天津人民出版社

图书在版编目（CIP）数据

九骨书 / 韦恩著. -- 天津 : 天津人民出版社, 2021.4
ISBN 978-7-201-17136-4

Ⅰ. ①九… Ⅱ. ①韦… Ⅲ. ①中篇小说－中国－当代 Ⅳ. ①I247.5

中国版本图书馆CIP数据核字(2020)第272206号

九骨书
JIU GU SHU
韦恩 著

出　　版　天津人民出版社
出 版 人　刘 庆
地　　址　天津市和平区西康路35号康岳大厦
邮政编码　300051
邮购电话　（022）23332469
电子信箱　reader@tjrmcbs.com

责任编辑　玮丽斯
特约编辑　张 磊
装帧设计　Insect　cain酱
责任校对　彭 佳

制版印刷　长沙鸿发印务实业有限公司
经　　销　新华书店
开　　本　880毫米×1230毫米 1/32
印　　张　8.5
字　　数　198千字
版次印次　2021年4月第1版 2021年4月第1次印刷
定　　价　42.80元

版权所有 侵权必究
图书如出现印装质量问题，请致电联系调换（022-23332469）

目录

目录

初遇

第一章

初次见面，甚是喜欢

J I U G U S H U

上清天近日多了个打杂小神官，名叫灵九儿。

虽说是打杂，可也没人真敢使唤她，毕竟在天书神官为她取名，列入神籍时，身份那一栏填的是：美人骨一族之尊主。

再往下的详尽记载中，族人一栏处，记载数目为一。

没错，全族仅她一人。上清天的众神官皆没把这个玩笑似的尊主放在眼里，可到底人家是个尊主呢，该客套的还是得和颜悦色地客套上两句。

于是，当这个尊主顶着头上的神识圈在上清天各宫门口四处晃悠，发出无数添加神友的请求时，各神官面上皆挂上笑容，装出一副看似熟稔的样子，掐个诀亮起自己头顶的神识圈，慢悠悠地道一句：“九尊主抬爱，小神这便与您通识。”

神识圈，顾名思义，是神官用灵识建成的小圈，每个神官都有，悬在头顶上方三寸之位，若是两个神官之间通了神识圈，不但能互相借还功德，还能传音万里，简直妙哉。

只不过在这上清天，没有哪个神官会整日点亮自己的神识圈，四处邀人通识。而灵九儿就是个例外，偏偏她还不自知，在各神官全身都透着生疏感时，她还凑上前，顺手抓住一位神官，模样兴奋地问道："这位官爷，请问宫中可有杂事需要帮忙？"

神官连连摆手："不曾有，不曾有，宫中人手充沛。"

"扫地擦窗，端茶洒水，我样样能做。"

神官再次摆手："九尊主说笑了，您这样的身份，不该做这些。"

灵九儿眉头一皱，莫不是自己这尊主身份，神官们怕她索要功德过多？

于是，她急忙出口："官爷官爷，我很是便宜，酬劳不求多，只要八十八功德一个时辰，若是耽搁超时一些，我也不加收您功德，您看可行？"

说到此处，原本四周还零散走过的几位神官，已经默默往远处溜了。被抓住的神官眼看脱身困难，他讪笑道："这样吧，九尊主，我给您转一百功德，您只需去寻梦渡坐上一个时辰，替小神看看云边可有不寻常之处，若是没有，就权当看风景，如何？"

有这等好事？

灵九儿双眼一亮："九儿谢过官爷！"说着，她便双手交叠，撑在身前鞠了一躬。

那位神官连忙躬身回礼，道："那么，九尊主慢走。"

寻到如此好差事，灵九儿自然高兴，伴着功德袋里"噌"的一声进账提醒，她转身，高高兴兴地走了。

见她一走，之前溜远的一位神官折回来，小声对不幸被缠住的神官道："你若实在不想应付，掐个诀遁地，也是可以的。"

被缠过的神官长叹一口气："遁地简单，逃怎能光明正大地逃？再怎么说，那也是位尊主。"

"全族仅剩她一人，她不做尊主，也无人可做呀。"

"话是这么说，可你莫忘了，这尊主可是虚吾大殿的人，是那位帝尊亲自带回上清天的，得罪不起……"

被帝尊亲自带回上清天的打杂小神官是何来头？

这还得从前不久的下元日那天说起，上清天三元大帝之一的玉清帝尊师音受中天庭所托，下凡为世人消灾，途经崂山一带，探到一丝异常熟悉的灵识，那灵识像朵人间的大喇叭花，张着大口朝他打招呼。

于是乎，一不留神，师音就被带到一处山谷之中。身旁一路跟随的老君只觉得眼前倏地一片清明，原先在视线中翩翩飞舞的墨色长衫忽然就不见了，他愣了半晌才狂追上去。

等老君好不容易追上，只见幽幽深谷中，一团面糊糊状的物体定在谷底，面皮被撑得锃亮，发着幽幽白光。师音正两手缩在广袖之中，定定地看着那团面糊。

老君往上左右看两眼，躬身急道："帝尊，消灾之地不在此处，您快随我走。"

师音闻声不动，缓缓问道："这是何物？"

"这是两万多年前，仙魔大战中惨被灭族的美人骨一族留存下的唯一血脉，”老君抹抹额头的汗，“在谷中定了足足有七千八百六十八年了。”

六界曾传，美人骨一族生有九骨，天生比常人多一骨，未幻形前无身无形，吸世间万物之灵为躯，披花月之神姿为皮，因而幻形后身躯柔软，以花月为神貌，冰雪塑其肤，还身藏失传近三万年的宝物《九骨书》。于是鬼界和中天庭暗中盘踞崂山，在山谷两边的谷崖上默默相争百年，欲争夺这位美人。

这点传闻，师音还是听说过的。他方才刚落下，便探到山谷之上两边均有气息，一边仙云绕动，一边阴暗之气浓烈。

原本这事儿怎么也和上清天扯不上关系，奇就奇在，师音竟被那一丝灵识唤到此地，还觉得那团面糊糊甚是好看，甚是熟悉，甚是……

正这么想着，他的手不自觉便伸出广袖外，食指尖轻抽出一丝灵力朝那团面糊悠悠飘去。

一旁老君瞧见，一双老眼险些没给吓到瞪出眼眶。老君急道：“碰不得，碰不得，今日怕正是此物幻形之日，帝尊……”

一声帝尊还没全喊出口，灵力已经碰在那面皮之上，面糊破皮而开。师音凝神一看，里面竟是个蜷身静躺的姑娘。

趁那面皮破口尚小，师音抽回神识，单手捏诀，迅速化出白绫把老君的一双老眼蒙得严严实实。随后，师音闭上眼睛，默念：“罪过罪过……”

若是让众仙家知道他今日冲撞了这位姑娘，那他这张老脸往后还怎么坐镇上清天。

是以，只能委屈老君，暂时困他一会儿。师音寻思片刻，又掐一诀，将那位姑娘化为一颗小球，这才解开老君的白绫之束。

老君睁眼一看，苦着脸，躬身劝道："帝尊，使不得啊，美人骨一族，开天辟地时曾出过中天庭的开朝天后，怠慢不得！"

老君并未看到面糊中是何情形，自然猜不透帝尊为何把幻形而出的美人变为一颗小球，只觉得对方刚刚幻形而生，灵力正是薄弱之时便受到此番对待，心生怜惜。

不想，师音却不紧不慢，不急不缓地道一句："老君，话多不好。"

这可是上清天的帝尊，他一句不好，就算是中天庭的天帝，也得掂量掂量自己是否说错了话。老君自然不敢再多说，抖抖拂尘，眼睁睁看着帝尊把那颗小球收入袖中，就此隐了。

等天界和鬼界的人后知后觉赶到谷中时，哪里还有什么美人，只剩一堆空壳。双方在谷中一顿吵，都怀疑是对方搞了什么幺蛾子。双方吵上三个回合，此时中天庭传下话来，天界的人便挥挥衣袖，一溜烟跑了，留鬼界一众傻鬼在山谷中丈二和尚摸不着头脑。

此后，一炷香未过，帝尊从凡间消灾归来，织梦等在虚吾大殿门口，双手相叠，躬身一拜，道："恭喜帝尊。"

师音两手在身前交握，流云般的广袖顺着腰身倾泻而下，他施施然回问："我能否问一句，织梦你是在恭喜我什么呢？"

织梦依旧躬身相拜，道："恭喜帝尊喜提七万年来，第一桩绯闻。"

"此话怎讲？"

师音朝大殿内走，织梦随在身后一同进殿："中天庭盛传，说帝尊您下凡消灾，途经崂山，将天界守了几百年的美人偷回了上清天。"

天界在历经数次仙魔大战后，有许多战功累累的仙家脱颖而出，他们的术法与仙家信仰远在天帝之上，若是把这些人放进天庭朝堂，不论是哪个位置，都似乎不太合适，于是便衍生出如今位于中天庭之上的上清天。

在中天庭，最高掌权者只有天帝，而上清天的掌权者是三尊，降生大帝师青管理内务，灵宝大帝师玄统领武神，玉清大帝师音掌财。

能入上清天者，皆为神，虽管控世间万物，却从不涉及天界政务，上清天的神官，从来都是中天庭仙家有求必应的强大靠山。

可这群仙家在无事可求的时候，最大爱好便是深扒上清天众神官的猛料，这其中自然也包括三尊。

师音脚下一顿，立刻驳回："此话有误啊，中天莫不是版本传错了？怎可用'偷'这一字，你替我向天帝传句话，就说我一时手痒，坏了中天大事，那美人骨后人，我稍后便差人送过去。"

织梦得了令，捏个诀亮出神识圈，闭眼不过须臾，便回道："帝尊，天帝传话，说中天庭与上清天本就是一家，那后人在哪儿都一样。另外，天帝还说月老殿的兮姻正在来上清天的路上，请您务必照看好美人骨仅存的血脉。"

派月老殿的人来，天帝是何用意简直昭然若揭。

想起收在袖中的那颗小球，师音竟破天荒地红了脸。此时两人正好跨进殿内，师音迅速将大殿门合上，转身，双手捧着那颗小球送到织梦身前，道："快给这位姑娘换套衣服穿上，务必在兮姻来之前，把姑娘送来此处。"

不知道是不是产生了错觉，织梦觉得此时此刻，此情此景，说出此话的帝尊竟然莫名有一丝丝羞涩感？

直到捧着球回到自家神殿，织梦一个没注意，圆球周围灵力消散，呈现人形，那肤若凝脂的姑娘闭着眼，这场面让作为女神官的她都瞬时有些呼吸倒流。

如此瞧来，那丝羞涩感帝尊是完全可以坐实了的。

说到此处，上清天打杂小神官的来头算是大体交代清楚了，无奈的是，灵九儿初为神官，短暂的打杂路上，一个“穷”字便能简而代之。

上清天的众神官，随便拉出一个，囊中皆是上百万功德，而灵九儿抖抖自己的小小功德袋，掰着手指一数，九百一十六功德。

穷，是真的穷。

织梦说了，想在上清天办事，是必须要用功德换取的，就如人间的铜钱货币，有钱人间遍地走，而有功德，便能在上清天横着走。

灵九儿这几日和不少的神官通了神识，挣功德挣得实在辛苦，偏偏织梦也不给她派事儿做，只能厚着脸皮从众神官手里添些小钱。方才那位神官给的一百功德，实属应付，她自然清楚。通识之后，神官之间的功德可以互相借还，自然也能互相赠予，她兜里这一百功德，当是那位神官应付之余随手赠送的罢了。

可不管怎么说，神官还是派了任务的，灵九儿一身粉色雾黛仙裙，步伐轻快地溜到寻梦渡。此处严格意义上并不算一条仙河，整个天界分为上清天和中天庭，前者在后者之上，上清天是神官们的居所，而中天庭则是仙官们的居所。

寻梦渡在上清天的边界，从这里往下看去，中天庭成千上万的宫观发出的白光将下方点缀成星河模样，犹如暗夜千灯长亮，风景极美。

灵九儿指尖抽出一丝丝灵力，从远处招来一朵祥云，脚尖一点，便轻巧落在祥云之上。随后，她灭了头顶的神识圈，寻个好姿势盘腿坐下。

闲来无事，她便把功德袋幻出，数着可怜的功德打发时间。

寻梦渡的云是流云，若不用灵力控好，是会随着风向飘移的，灵九儿灵力也少得可怜，自然不会浪费在控云上，于是飘着飘着，身子突然随着祥云一起微震了一下。

然后，身旁便响起一道十足从容的声音："啊，撞上了呢。"

灵九儿闻声抬头，身侧一片稳如泰山的祥云之上，正坐着一名男子，肤白若雪，面孔甚是俊美，一身墨色长衫加身，广袖垂于祥云两侧，随风翩翩飞舞，模样竟比漫天流云还好看，他此时双手交握在身前，正面带微笑地看着她。

灵九儿立马意识到自己撞了这位俊美的神官，连忙道："官爷见谅，方才一时大意，扰了官爷清静，不过我见官爷面善，周身皆是一派和气模样，当不会同我计较的。"

她小手揪着功德袋，生怕眼前人以此为由，索要她的功德来赔偿过失。

万幸的是，那神官弯唇轻笑，缓声道："嗯，无妨。"

灵九儿心下一松，将功德袋隐了，方才问道："官爷是在此处赏风景吗？"

那神官依旧轻"嗯"一声，随后抬手指向远处，道："你看，日暮时分，日神又调皮了，迟迟不退，叫一旁月神好生着急。"

灵九儿顺着那根手指望去，天边云雾时卷时舒，日月同天争辉，昏黄的天光之下，伴着中天的流泉飞鸟，所见极美。

她看了一会儿，问：“这两位神官昼夜轮替，当值一回，能有多少功德？”

“三千。”

“如此之多？”

灵九儿惊了，这几日她探过不少神官的当值功德，均不过一日七八百罢了，这日月两神竟有一日三千功德？

身旁神官轻声解惑：“上清天稍有职权的神官在人间皆有凡人供奉，所供香火化为功德，能入神官们的口袋，而日月两神因职责所在，并无供奉，当值功德理应高些。”

原来如此。

灵九儿缓缓点头，脑中略一思索，道：“官爷，问个不怕您笑话的问题，我做神官不久，凡间无人供奉，我可否自行下凡，为自己建宫立庙？”

“这个……”那神官略犹豫，“你若是想做，也不是不可以，不过建宫立庙后，该叫凡人供奉你什么呢？凡间供奉神官皆有缘由，求子、求财、求平安、求仕途无量、求……”

“同我求美貌呀。”灵九儿冲他眨眨眼，打断道，“听兮姻说，我这等姿色，在上清天是无几人能比的，若要凡人供奉，我也就这张脸还能拿出手了。”

“呃……”

见官爷愣住不语，灵九儿倏地凑上前，问道：“您瞧我脸，可还行？”

说罢，她似乎还觉得不够，突然起身踩在祥云上，拎着裙角转了一圈。不料此时风向突变，她脚下的祥云没有灵力加持，往反方向飘去。这一微变，令她身子站立不稳，眼瞅着就要跌了，她情急之下顺手一揪，没承想竟揪住了神官的衣袖，“哗啦”一声细小响动，竟生生把神官的半边衣裳给揪落了，露出圆润光滑的一截肩头，还有脖颈之下若隐若现的锁骨。

天神姥爷，这祸闯大了！

那一揪并没有改变灵九儿跌倒的命运，她趴在祥云上，抬头定定看了一会儿，两双眼睛相视片刻，她才急忙道：“官爷贵姓？”

那方似乎还愣着，定定看着她，磕磕巴巴地回：“师、师……”

“师师！”灵九儿急匆匆爬起来。

“我名灵九儿，此举是我莽撞，有过在先，不过既然你我已互通了名号，在这上清天便是神友了，咱们再通个神识圈，友谊为大，此举师师可否当作玩笑，不同我计较？”

见那师师神官还看着她，敛神不语，她心中一横，道：“行吧，你也知道，我做神官不久，凡间无人供奉，如今囊中仅有三百一十六功德，你若不嫌弃，通识后，我都转给你，以作赔罪。”

灵九儿甚是心虚，毕竟自己还隐瞒了六百功德，于是偷偷拿眼角余光瞥过去。不曾想，那师师却是低下眉眼，两颊微红，柔声道：“无妨。”

今日当真是个吉日，竟遇见个如此温柔敦厚的神官。

“师师可真是个心善的神官！”灵九儿捏诀亮起神识圈，“快快将你的小圈亮出来，通上神识圈，往后在上清天若是有事，你只管喊一声，我定会助你。”

师师捏诀亮出神识圈和她互通，随后道：“小九姑娘方才所说之事，我觉得可行。”

方才所说？

灵九儿把心一提，回：“我这点功德，你若是要……”

“不不不，”师师轻声打断，“我是说，自行往人间建宫立庙，让凡人同你祈求美貌一事。”

“此举可行，当真？”

“当真。”

两句对话，灵九儿又同师师对视上，对方刚消下去的红晕又悄悄现出来。他瞥开眼，缓缓道：“如今凡间各国战事息平，百姓皆歌舞齐升，人们多关注外貌也是时局所造，就连如今鬼界，也十分注重相貌，你若能将名号打出去，香火自是不会差的。”

“有道理。”灵九儿十分赞同地点点头，“若今后有机会下凡，再行此事吧。”

几番交谈后，天边暗光倾泻，两人驾着祥云离开寻梦渡。

分别时，灵九儿双手交叠，撑在身前鞠了十分标准的一躬，道：“师师，今日就此别过，往后若有事，不论大小，敲敲我的神识圈，我立刻便能来见你。”

师师双手交握在广袖之中，颀长身形立得笔直，他轻笑不语，瞧她良久，方才回道：“小九姑娘，初次见面，甚是喜欢……喜欢今日的寻梦渡之景，慢走。”

说罢，他微微倾身，以作回礼。

灵九儿弯眼一笑，道："我也甚是喜欢，师师也请慢走。"

双方就此别了。

灵九儿边走边在神识圈内向那位赠予功德的神官回禀道："官爷晚好，今日我在寻梦渡小坐一时辰，异常之事尚无，仅日暮时分，日神和月神疑似在天边吵了一架，耽搁片刻，另有一俊美神官在此观景，名为师师，此神官极好相处，面色和悦，敦厚热心……"

洋洋洒洒一堆官方回禀，自然是如石沉大海，毫无回应。

说起那位师师神官，灵九儿真心觉得他极为不同，上清天的众神官，不论官职大小，见了她都会称一声九尊主，今日还是第一回听神官叫她小九姑娘。

那俊美面孔微微带笑，语气不紧不慢、不急不缓，听起来甚是悦耳，心下莫名安宁。

至于九尊主和灵九儿这两个名头的来源，听说是那位玉清帝尊所赐，她刚上天那日，天书神官抬着纸笔寻思给她按个什么头衔，当时在场的还有织梦神君、月老兮姻和玉清帝尊。

她因为灵力太过薄弱，彼时还处在神元混沌之中。

四人对她一阵围观，最后帝尊敛神道："美人骨一族险灭族于两万七千多年前，如今仅有这一支血脉，暂且将她列为一族尊主，而她们幻形前又仅凭一缕灵识支撑，形身异于常人，生有九骨，不如我们就唤她'灵九'，诸君觉得如何呀？"

余下三人缓缓点头："甚好，甚好。"

“那……天书，你这便记载入册吧，美人骨一族之尊主，唤名为灵九……”说到此处，帝尊顿住了，只因他在自家莲园内喂养的一只大鹅成功孵化为灵兽，一声冲天鹅叫，把帝尊剩余的话叫停了，于是三人只听见帝尊极富饱满情感的一声，“——鹅！”

之后，帝尊便原地遁了。

独留三人面面相觑，最终天书神官一咬笔头，名号那一栏填上“灵九儿”三字，这才有了九尊主这一称呼。

后来她醒了，被织梦领回织梦神殿，成了一名打杂小神官。

而那位为她取名的帝尊，她竟至今日，都没能见上一面，反倒是兮姻那老头儿，隔三岔五从中天庭跑上来，领着她四处转悠。

翌日，灵九儿正蹲在织梦神殿外的草地中捡些碎功德，织梦说前来求梦的神官仙官们，出去之时会恍惚一阵，少不了有几个捏不住功德袋的，能掉些出来，若时常来这儿捡，攒着攒着，功德自会多那么一些。

她正捡得兴起，月老兮姻来了，他把拂尘往背后一插，连忙把人搀起来，急道：“我的九尊主哟，你蹲在草里作甚？”

灵九儿拍拍裙子，回：“我捡功德呀。你瞧，这地上的碎功德，捡一个时辰，能有七十多呢。虽比不上去打杂，不过好在不用费神去跟神官们套近乎。”

“你莫不是傻了！”兮姻一副恨铁不成钢的模样，“待在上清天，你得有点出息呀，眼里只看这些碎功德，如何能成事呀？”

灵九儿反问：“有功德才能在上清天吃香喝辣，悠然自在，怎会是傻？”

“你若想吃香喝辣，只需把你这双眼睛牢牢盯着帝尊便可。走，快随我走。”

说着，灵九儿便被兮姻拖着走了。

她疑惑道：“兮姻，你这是要带我去哪儿？”

“去虚吾大殿……附近晃晃。”

没有帝尊特召，殿内是进不去的，可在外头晃晃，总不影响什么。

灵九儿更不解了，问：“去虚吾大殿做什么？”

兮姻看起来一把年纪，走起路来却步步生风，他道：“自然是去提高碰面机率，你日日待在织梦神君殿中，帝尊一向少来，如何能见面？”

灵九儿道：“我虽想见帝尊一面，可也不至于这般着急，兮姻你慢些走。”

“什么？”兮姻一听，惊了，“你来上清天这些时日，还未曾与帝尊见过一面？”

“是啊，有何不对？”

兮姻险些停下来捶胸泄气，一口老血哽在嗓子眼，硬生生气到无言以对。他边走边捏了个诀，挽着灵九儿一同地遁了。

两人直接遁到虚吾大殿的正门口，刚站稳，远处便疾行来一道身影，似乎是刚回家的帝尊。

兮姻指着那个方向，道：“你瞧，那便是……”

“师师！”灵九儿挣开他，挥着手朝帝尊蹦跶而去，“我们又见面啦！”

月老兮姻原地石化，这如此亲昵的称呼是怎么回事？

师音瞧见朝自己飞奔而来的人，立刻停下，等她过来，才轻笑道：“是呢，又见面了。”

灵九儿站定在他身前，道：“我正想晚些时候敲你问问，我几次探你的职务详细都无法探到，是何原因呢？”

“这个……”师音微顿，“我尚无明确职责，你探不到也是应当的。”

一旁的兮姻心想，堂堂上清天三大帝尊之一，职务详细岂是你想探便能探的？看九尊主这模样，恐怕还不知道面前这人便是帝尊，有趣有趣，有趣极了。

灵九儿四周环顾一圈，得出结论：“如此，你也是虚吾大殿的打杂神官？”

在她想来，若非同她一样是个打杂的，又怎会无明确职责，于是想当然有了这么一个结论。

听到此处，兮姻算是大约把情况估摸清楚了，不知这个帝尊打的什么主意，他一时不敢轻举妄动，不过见两人似乎颇为熟识，心中一阵欣慰。

师音回道：“也……算是打杂吧，琐事颇多。”

“那可太好了。”灵九儿欣喜道，“师师在哪个宫当值？我在织梦神君手下，日日清闲无事，若你宫中有要人手的地方，可来找我。”

师音满含笑意的眸光牢牢锁着她，回道：“在虚吾大殿……的莲园内当值，如今正值中秋十月，园中莲蓬皆熟透了，小九姑娘可想去看看？”

“好啊。”

师音略一抬眼，瞧见不知何时出现在灵九儿身后的兮姻，于是立马收住笑容，询问道：“兮姻也一道同去？”

这回换兮姻笑了，他眯着一双看透太多的老眼，毫不识趣地回：“帝尊的莲园，若能有幸观赏，自是要去的。”

很好。

师音又挂上一脸十分官方的笑容：“两位同我走吧。”

三人一齐绕过正殿，从一侧的小路走了约莫小半炷香的时间，视线顿时豁然开朗。在四周层层叠叠的众多宫殿中间，竟有偌大一个莲花池，碧绿的荷叶像个大玉盘似的托着无数已成熟的莲蓬，景色虽比不上寻梦渡的惊艳壮阔，不过倒也不失碧玉风雅。

无奈灵九儿对这一池子莲蓬并无兴趣，她视线被池中一只颜色绚丽的活物所吸引：“彩色的大鹅，好是神奇！”

她三两步跑去池边，指尖抽了一丝灵力把那鹅唤到身边。

师音缓步上前，道：“这鹅已有自主灵识，小九姑娘，它看起来挺喜欢你的呢。”

那大鹅有半人高，体态丰腴，通身有三种颜色，白、黑、绿依次相交，仅眼睛周边一小片范围是红色的绒毛。灵九儿摸摸它，道：“这大鹅可是师师一直在照看？”

“嗯。”

“难怪。”灵九儿回头看他一眼，笑说，“师师照顾的鹅自然也当同师师一样温柔好亲近，我也挺喜欢它的。”

师音脸上原本就带着的笑意更浓了，他回道：“小九姑娘盛赞了，这鹅的品类本就属灵兽中很是温顺的一类，同谁照看并无关系的。”

“好吧。”灵九儿继续观察它，看着看着，她突然凑上去冲鹅的头顶闻了闻，“为何感觉它好熟悉，好香……”

这话跳跃得，连两人身后一直在看戏的兮姻都有些跟不上。

师音一听，脸上笑容凝固了两秒，随后他连忙道：“不可出此言，毕竟……鹅如今已是灵兽，食不得，况且它有了灵识，能听懂我们谈话，小九姑娘当心伤了它的心……”

灵九儿一顿，这才察觉自己所言之意被理解偏了，于是急急解释：“师师误会了！我是说这大鹅头顶上有一圈飘忽的灵识，我觉得这丝灵识甚是熟悉，如有味的花卉一般沁人心脾，并无那层意思。”

说罢，她还顺着鹅毛的方向抚了两把，以作对大鹅的安抚之举。

“啊，原来是我会错意了。”师音全身一松，“我看这鹅同小九姑娘颇有缘分，它还尚未取名，今日又与你投缘，不如就由你来赐它个名字，可好？”

灵九儿沉吟片刻，道：“取名……倒是不难，我一见它便想到一个名字，只是怕于灵兽来说，过于俗陋了些。”

师音柔声道：“无妨，小九姑娘请讲。”

“这大鹅的羽毛颜色绚丽夺目，当得‘彩’这一字，而它头顶还有一丝飘忽的灵识发着幽若白光，像顶了一盏小灯，如此，我便想到‘彩灯’这一名。”

那大鹅听到此处，仰天长叫了一声，随后又低下头，往灵九儿手边蹭了蹭。师音展颜一笑，道：“你看，这个名字，它很是喜欢呢。”

“彩灯，”灵九儿凑近大鹅问，“你喜欢吗？”

大鹅又十分温顺地往她手边蹭了两下，看来是喜欢了。

灵九儿兴高采烈地同它在池边玩耍片刻，随后像是突然想起什么，回头问道："师师，你照看彩灯，一日能有多少功德？"

原本正欣赏着眼前一派祥和美景的人微顿几秒，回道："随手之事，并无酬劳，小九姑娘，你想不想让彩灯带你去上面转一圈？"

说着，他从袖中抽出一只手，修长的食指朝远处一指："同那些仙鹤一般，穿云而过。"

灵九儿来了兴致，问："彩灯可以吗？"

师音冲她点点头："可以，你轻轻坐在它背上，把你的灵力传一些给它，再把你心中所想试着和它相通，便能驱使。"

灵九儿又新鲜又好奇，她照师音所说的做了，彩灯果然缓缓扇动翅膀从莲池中腾空而起，她惊道："彩灯要飞了！"

师音站在一旁，双手拢在袖中，面带微笑道："嗯，你且让彩灯带你四处转一圈，小心别同其他神官撞了。"

"好！"

灵九儿应完这一声，身影随着展翅的大鹅慢慢朝远处飞走了。

直至此时，方才一直看似走远赏景，实则一直留心关注两人的兮姻返身回来，站在师音身旁，悠悠问道："若我没猜错，帝尊是想把这只刚孵化不久的灵兽，赠予九尊主？"

师音道："是有此意。"

兮姻再问："长得如此俏生生、水灵灵的小姑娘，帝尊不如就此纳入大殿，比翼连枝，鸾凤和鸣？"

师音道："小九姑娘年纪尚小，我们上清天何至于……"

兮姻打断："帝尊，若我没记错，九尊主的年纪大体一估算，也得有两万七千多岁了，不小，不小。"

"兮姻啊……"师音暗自扶额，"近来月老殿无事？"

这是开始说他堂堂一月老，整日多管闲事了？兮姻眉毛一挑，道："月老殿一向事多繁杂，我能抽身来上清天，一是受天帝之托，前来照看照看九尊主；二是……这我就不便多说了，想必帝尊最清楚不过，若能顺手解决您这件大事啊，我们月老殿的事务可就轻松多咯。"

兮姻这一番话说完，言下之意倒成了师音给月老殿增加了事务量，是师音的不对了。

唉！

真是神生最艰苦之事不过"催婚"二字，漫天仙神盼他迎娶神眷盼了有数万年了，兮姻这番话也确无不妥之处。

师音正寻思着如何应付时，织梦突然现身在一旁，朝他躬身道："帝尊，降生大帝请您到三元殿，有事相商。"

师音默默抹一把汗，问："兄长可说是何要事？"

"并未，只说请帝尊速去。"

师音略一点头，这便要掐诀遁了，一旁的兮姻抢着开口："帝尊且慢，捎我一同前去，我也有一事要同大帝商量。"

这个兮姻不同中天庭其他仙官，师音对他隐隐之中有一丝惧意，大概是数万年来他在给自己配神眷这件事上越挫越勇，永不放弃的精神让人怕了。

所以若是换作中天庭其他仙官，师音往往用一句“话多”就可搪塞，偏偏这个兮姻，实在难对付。

揣着万般无奈，师音掐诀，带着织梦和兮姻一同遁了。

去到三元殿，方知那要事竟是人间一处城池近几月来受邪祟所扰，城中百姓能逃则逃，不能逃的也日日躲在家中，不敢出门。

这事在人间来说是件大事，可对于偌大天界，实属是小到不会引起神官注意的小事，如何还能让大帝亲自出面相商？

三元殿的主位上端坐着一位相貌华贵的男子，师音走到殿中双手相叠，躬身一拜，唤声“兄长”后落座在主位右侧的位置。

甫坐下，与他相对的主位左侧蒲团上，面容英挺的男子便拍桌气道：“难不成中天庭那群仙官整日只知修仙问道，这点小事也有脸面托到上清天？”

上清天有三位帝尊，主位之上端坐的正是三位大帝之首，号降生的师青帝尊，师音排行第三，与他相对而坐的是师玄帝尊，号灵宝。

听师玄这句气话出口，师青面色不变，安抚道：“莫要置气，天帝有天帝的难处，你身为帝尊，理应以大局为重，总说气话有何用呢？”

师音看看两位兄长，也随之劝道：“是啊，二哥哥，何必动气。且先听听是哪位仙人所托，有何困难，再寻解决之法。”

听完两句劝，师玄照旧横着两条眉毛不语，此时大殿上站有三人，兮姻挽着拂尘静听，织梦在他身侧，两人身前独自站立的是虚吾大殿破困神君，师音朝他略一使眼色，他连忙拱手道：“禀三位帝尊，我今日下凡间办事，回程途中遇见中天庭的仙子，她向我说起此事，要我务必禀明大帝。”

师音缓缓问：“是哪位仙子所托？”

破困再拱手，回：“飞花仙子。”

众人视线皆转向左侧那位前一刻还气到横起眉毛的帝尊，只见那两条硬气的眉毛在听到“飞花”这两字时，慢慢、慢慢垮平了……

“呃……”师音略一顿，随后又问，“这飞花仙子掌管人间万花，城池受邪祟所扰这种事，为何是她一介女官来托？”

破困答：“飞花同小神说，因邪祟一事，致使该城池外五里处的大片花圃无人照看，又正值秋中，百花干涸，死伤不小，她为此很是头疼……”

这……因花植干涸而请托上清天三位帝尊，这种事也就只有飞花敢做了。

师青端坐在主位上，眼神不经意往左边瞧了两下，随后假意问众人：“此事，可有主动前去帮忙的？”

座下一时无人回应。

静谧良久后，之前还横眉怒斥中天庭无人的师玄轻咳一声，将拍在桌上的五指蜷起，慢慢收回袖中，缓着语气道：“此事不难，无须大帝亲自着手，座下各位又皆是文官，手下并无武神，此事我来。”

“好，”师音面带微笑朝对面一拱手，“二哥哥最是大义了。”

此事在听到“飞花”二字时，众人已经能料想到结果，一点都不惊奇，也就师音捧捧自家兄长的场。

别说出去

那位九儿姑娘，
你可喜欢？
甚是喜欢。
兮姻三人组
太好了，帝尊终于要脱单了。
14:32
帝尊催婚群
恭喜帝尊！
恭喜帝尊！
恭喜帝尊！
按住说
14:33
帝尊催婚群
戳
9"
14:34
帝尊催婚群
9"
别说出去！
不许说出去！！！
嘻嘻嘻
14:35
帝尊催婚群
收到！
收到！
收到！

第二章

是个貌美的姑娘

◆
◇

J I U G U S H U

师青瞧事情已经解决，便想散了，不想此时殿上一直没出声的兮姻拱手道：“大帝，我有一事欲禀。”

师青原本起到一半的身子又落座回去，问道：“哦？兮姻有何事啊。”

“前段时间中天一直照看的美人骨一族后人幻形而出，此事大帝可有听闻？”

师青不经意瞥了一眼右侧，道：“略有耳闻。”

兮姻把拂尘一收，正色道：“那后人名叫灵九儿，生得极好，是个明眸皓齿的姑娘家，如今在织梦手下任神官。今日我不巧碰见玉清帝尊将自己莲园内孵化的灵兽赠予姑娘，于是心中有感，觉得帝尊似乎对待该女有所不同，便想请大帝帮询一句，玉清帝尊是否对九尊主有意？”

整个大殿内，最先发出声响的是师玄，他深深吸了一口气，随后是破困神君，因过于欣喜而小叹了一声。

师音很是头疼，这个兮姻简直是个无人可挡的主儿，此事何至于如此着急？八字还没下一撇呢。

他正伤神，主位上的师青惊叹一句：“竟有此事？”

兮姻笃定道：“有此事，千真万确。”

“兮姻啊……”师音这次真扶额了，“大庭广众之下，这种事，你怎能如此直白……”

“玉清，那位九儿姑娘，你当真喜欢？”

比兮姻更直白的一句话将师音打断，而这句话，就来自主位端坐的大帝，他正燃着一双八卦之眼，紧紧盯着自家弟弟。

这……

师音在数双眼睛的“拷问”下，憋了良久，终于半低着眉眼，轻声回道：“时下……确实是喜欢……”

不等他话说完，殿上三人顿时炸开了锅。破困难得一改平日的缓慢性子，急道：“成了！兮姻，你快叫月老殿的人推个吉日出来，成婚的宫殿定在虚吾大殿，各位觉得如何？”

织梦反驳道：“不成，虚吾大殿虽空间足够宽阔，可进殿的大道小了些，来往宾客一多，容易造成拥堵。”

兮姻老眼笑成了线缝：“金玉殿如何？大堂虽小了点，不过好在四周偏殿颇多，宾客也能往偏殿安桌。”

“兮姻糊涂，帝尊大婚，四面八方来贺的宾客皆是各方显贵，怎能安置于偏殿。”

“是是是，宫殿一事暂且放一放，这喜帖和婚服……”

大殿之上，三人你一言我一语，竟越聊越远，师青和师玄二位帝尊皆眼带笑意看着，谁都不打算插话。

毕竟数万年间，兮姻明里暗里替师音牵线搭桥了不下百次，这还是第一回从他嘴里听到“喜欢”二字，实属难得。

师音听着听着，竟可疑地红了脸，他难为情地朝殿上三人挥手打断：“诸君，诸君，少安毋躁啊，我喜欢归喜欢，可婚姻大事岂能这般草率，感情一切皆看缘分……”

这句打断毫无作用，殿上三人已经从喜帖用何种样式争到了婚服该用哪个宫的天女绣制。师音顿觉脑仁疼，闭眼半刻后，掐个诀，原地遁了。

回莲园途中，神识圈内不断传来“叮叮叮”的敲打声。

兮姻传音道：“帝尊，我豁出性命也要奉劝您一句，您七万岁的高龄，再跟缘分耗着，耗到九尊主哪天突然和某位神官王八绿豆看对了眼儿，就该您躲着哭去吧！”

破困：“天上有位神老爷，孤身一人数万年，众神为他操碎心，婚姻一事终难成。帝尊莫怪，此歌谣乃人间所传，望帝尊三思，您未婚配一事都传到凡人耳中了，若心中有欢喜之人，万不能羞涩，奋起直追，缘分一事实在缥缈得很，尽快把姑娘藏回家中才是正道啊！”

织梦：“帝尊，跑是跑不掉的，你既动了心思，便莫怪我等心急，况且您带九尊主回上清天那日，是否已经冒犯了人家姑娘？如此便要担起责任……”

啊，苍天。

师音顿时被这三人敲得虚晃两下，重重落在莲园之内，脚下重心不稳，左右跌了两步。他头顶的神识圈忽明忽暗，亮一下便代表有通识的神官或仙官传来新音，那三人在他的神识圈里喋喋不休地劝说，三道声音混在一起，犹如三千聒噪的乌鸦直冲面门，神烦。

他单手扶额，找了个亭子坐下，冷静思索片刻后，还是打算同诸君商量商量。于是，他闭上眼，同时向三人传音道："说了这么多话，诸君渴否？"

此话一出，原本聒噪的神识圈里顿时静谧了，等了好一会儿也没什么回应。

师音又传道："前几日我差宫娥往各位宫中送的荷叶茶，此时饮用正好，清心下火，固精养神，兮姻宫观远了些，今年还没来得及送新茶，用去年的旧茶，功效也不差丝毫呢。"

还是无人回应。

他再道："上回游历人间，得到许多有趣的话本子，有空同诸君分享啊……"

这回有人应了，兮姻直接传音打断："帝尊莫不是要同那话本子修一生？"

师音抿唇一笑，把对话和破困、织梦的神识圈接上，这才回道："那倒不是，诸君的心意我都明白，可再着急也得有个过程，小九姑娘虽年岁不小，但怎么说幻形也不过月余，这世间太多美好之物她还没来得及去瞧瞧，何至于此时把她绑上帝后之位？"

此话一出，大家算是明白了，原来他们这个帝尊是想先同九尊主谈情，再成婚，可这都一把年纪了……

破困反驳道：“帝尊虽心细，可我并不赞同您这想法。成了婚，九尊主她照样能游历世间，我们虚吾大殿何时受困于这些虚礼？”

兮姻附和：“破困神君此话在理，九尊主刚来上清天，细数整个天界，没有再比她穷的了，若帝尊真心喜欢，何不早日帮帮她？今日一早，我还撞见她蹲在织梦殿外的草埔里，捡……捡些碎功德！”

织梦清咳两声，音色有些发虚：“是有这回事，靠捡点碎功德，九尊主怕是也看不了什么美好之物，帝尊当真忍心？”

这下换师音沉默了，忍心是自然不忍心的，可一码归一码，此时成婚那是断然不行的，太突然不说，他也还未想好怎么同小九姑娘道明身份。

神识圈内静了好一会儿，大家谁都没再开口，师音思索良久后，道：“我会想办法，可诸君……我今日坦白了说，莫要再逼我。小九姑娘我虽喜欢，但我一直强调的都是水到渠成，婚姻自有机缘，强求不得，还望诸君成全，留我些清净，若有一日时机成熟，喜帖我亲自奉往诸君殿上。另外，小九姑娘如今并不知晓我的身份，还望各位配合，在小九姑娘面前万要注意称谓，莫要露了马脚。”

说完，他顺手散了十万功德，三人均分。

既然帝尊话都说到这个份上，织梦和破困不傻，悄悄收了功德，拿人手短，两个人都闭上嘴，退了圈儿聊。

只有兮姻硬气，没收，静悄悄的，也不说话。师音等了好一会儿不见回应，刚想问点什么，那方夹着几分无奈和几分生气的声音传来：“给帝尊一月，若没消息，莫怪我去大帝面前说嘴！”

师音回：“三月，三月可好？”

“一月半，不能再多了！”

说罢，兮姻掐诀，把帝尊散来的功德退了回去，就此息音了。

师音长长吁了一口气，心中感叹，这中天庭的仙家倒还算得上硬气，瞧瞧自家那两位见钱眼开的，唉……

到此，催婚一事终于让他耳根清净了下来。他熄了头顶的圈儿，睁眼看着一池子莲蓬，估摸着领彩灯去遛弯的小九姑娘也该回来了，可转眼向天边，却不见踪影。

师音不知道的是，在他和催婚三人组周旋的时候，灵九儿骑着彩灯玩性大起，一时没注意路程，越飞越远，最后因为彩灯刚化为灵兽不久，法力薄弱，支撑不住长时间飞行，连人带鹅一起坠落到中天庭的一大片花圃之中，压死了一位仙子家中的数株牡丹，彩灯被那位仙子的随身宫娥给强行扣下了。

而灵九儿……正被这位仙子扛着八尺大刀狂追不舍。

最终在跑到寻梦渡边界时被仙子追上，灵九儿险些让仙子拎了后领子，好在她还算机敏，连忙往地上一坐，可怜兮兮道：“仙子饶命，我是上清天新来的打杂神官，今日贪玩，不想竟……竟害了仙子家中的昂贵牡丹，我深知有罪，往后砸锅卖铁，也定当偿还仙子的损失！”

那位仙子收回悬在半空的手，双手叉腰往地上看去，喘着气，咬牙道：“赔就赔吧，你跑什么？”

“你……你追我，我当然要跑了。”

“你不跑，我能追你？”

那仙子声音一大，肩上的大刀就会不停晃动，看起来又凶又恶。灵九儿吓得原地一抖，道：“你……你……你扛着刀，我能不跑吗？”

“刀？”

仙子转头一看，像是此时才发现自己肩头悬浮的大刀，她伸手碰碰大刀的刀柄，小声道：“别闹，说正事呢，快隐了。”

刀不听，动动刀刃，继续倨傲地悬着。仙子眼睛一瞪，手上又加重了些力道，警告似的拍了拍刀柄，无奈大刀虽然弯了弯刀刃，还是不听话。

仙子略尴尬地看一眼不明所以的灵九儿，解释道：“你别紧张，这刀是我家哥哥送的贴身法器，我一生气便会现身，我不示意，它不会随意伤你的。”

“那……那就好。”灵九儿慢慢地从地上爬起来。

仙子眼神在她身上扫了一圈，问道：“你说你是上清天的神官，什么名号，哪个宫的？”

见那刀不动了，灵九儿胆也肥了点，稳稳神回道：“我叫灵九儿，在织梦神君的殿上当值，敢问仙子怎么称呼？”

“飞花。”

“飞花仙子。”灵九儿冲她躬身一拜，“我如今囊中羞涩，你且算算那几株牡丹值多少功德，待我挣够了，定来你宫中赔罪，彩灯……彩灯可否先归还于我？”

她问得十分小心，飞花却依旧亮着一双眼睛审视她，似乎关注点并不在牡丹："你说那只灵兽名叫'彩灯'？"

灵九儿点点头："今日刚取的名儿。"

"那分明是玉清帝尊莲园里的灵兽，我见过一次。帝尊可宝贝他那一池子小白莲和这只大鹅了，他的宝贝大鹅，能让你骑着四处转悠？"

听到此处，灵九儿心里又开始抖了，生怕别人误会她是个偷鹅的，连忙摆手解释："飞花仙子可万不能深想，今日能有幸见到彩灯，是因为帝尊莲园内当值的一位神官是我好友，他邀我去赏莲，机缘巧合之下，才得幸驾驭彩灯。"

飞花疑惑了，道："我怎么从未听说帝尊的莲园内，还有什么当值的神官？"

"有，有的。"灵九儿着急解释，"兮姻今日也在的，你若不信，可以去问他。"

兮姻？怎么还和那老头儿扯上关系了。

飞花皱眉思索，手指无意识地摸着下巴。她再次审视面前这个长相秀美、冰肌玉骨、水灵灵的小姑娘，沉声道："我怀疑你是帝尊的女人，可是我没有证据。"

"什么呀！"灵九儿急到跺脚，"我和那个帝尊，一面未见。"

就"是不是帝尊的女人"这个问题，飞花缠了灵九儿半个时辰，这才同她清算牡丹这笔账，最后虽然放了她的人，可彩灯却扣住了，不让她领走。

日暮时分，师音依旧等在原地未动。

灵九儿被追了一路，灵力耗尽，最终小跑着回到莲园，远远就看见亭子里端坐的师音。还不等她走近，师音感觉到她的气息，瞬时转头看过来。

师音像是在家中苦等熊孩子归家一般，急切的目光把她全身扫了个遍，问道：“怎么了，彩灯呢？”说完，整个人已经从亭子中闪身到她面前，紧紧盯着她。

灵九儿一副风尘仆仆的模样，衣服还粘了些飞花园中的泥土，她心中愧疚，脸色自然凝重。

“彩灯……”灵九儿抬头看他一眼，又立马低头，“师师，对不起，我闯了大祸，彩灯被中天的一位仙子给扣住了……”

她把分别之后发生的事情一五一十都说了一遍。

师音听完，只问了她两个问题。

“是哪位仙子？”

“她说她叫飞花。”

“损的那几株牡丹，她要你赔多少功德？”

“一千三百万……”

这对于现在的灵九儿来说，简直就是超级无敌巨款，让她一朝从“穷”变为“负债累累”，还赔了彩灯，此事若让那位玉清帝尊知道，定会重重责罚于师师。

她私下偷骑帝尊的灵兽，已经是大过，这下还把灵兽给弄没了……她越想越觉得前途一片灰暗，原本只是穷，拮据点也能过得快活，这下负债了，睡觉恐怕都睡不安稳。

唉！

见师师半晌不说话，灵九儿强稳心神，道：“你别担心，彩灯这事怪我，明日我便去殿中请罪，绝不让帝尊怪罪于你，我也会努力偿还债务，早日把彩灯赎回来。”

师音原本是在想，怎么帮她把欠的功德还上，才能悄无声息地不被发现。听她这样说，他这才收回思绪，安抚道：“无妨的，帝尊近日游历人间，不在殿内，无心关注彩灯，中天庭的灵气也颇为充沛，就暂且让飞花仙子照料它一阵吧。”

灵九儿皱眉。

师音躬身，一手挽着衣袖，一手去拍她裙上的泥土灰尘。

灵九儿眉头紧锁，气道：“我方才还听飞花说他极其宝贝彩灯！”

师音那只拍灰尘的手顿住了，他直起身，瞧着她说：“或许……帝尊认识了个貌美的姑娘。”

“如此，”灵九儿眉头一松，“那我便不气他了。”

“为何？”

“兮姻同我说，帝尊万年单身，眷侣难觅，总揪着要我去见他，实在难搞。若是个姑娘，不光兮姻能轻松，我也能轻松许多。”

师音心里一阵凉风吹过，这个兮姻啊，可真令神头疼。

为兑现先前答应诸君，师音顺着她闯祸欠下债务，十分自然地扯开话题，道：“小九姑娘，你瞧……”

他从掌心化出一团光亮，朝莲池中央一抛，那团光骤然变大，照得整个池子亮如白昼。

“帝尊养的莲子早已熟透，你可愿意来打个下手，替我剥几日莲子？”

灵九儿顺着光看过去，池内的莲蓬的确个个近乎干瘪，嵌在其中的莲子都呈黑紫色了，她本就有愧于师师，这个小忙当然得帮。

“这等小事，好说好说，什么时候开始剥？”

师音心想，剥莲子的报酬给多少合适？

怎么着得一日一千功德起，可一日一千，这得剥到何时才能富有。于是，他寻思了一小会儿，缓缓道：“莲子明日便可以剥，不过我又想了想，小九姑娘如今身负巨债，我可以同帝尊商量商量，将这莲园的环境养护一职转交于你，这样一来，你剥莲子的同时再扫扫地，洒洒水，如此便有两份收入，一共……一日得有三千功德。”

“三……三千？”灵九儿小眼睛瞪得圆溜溜的，“怎的剥莲子还有报酬呢？扫地洒水能值这么多功德？师师你可别同我说笑了。”

“……”师音一顿，解释道，“这两项事务，本该由不下五位神官来做，可小九姑娘若能都做了，自然是要拿这么多的。”

灵九儿细想片刻，好像是这么个道理，于是心中一阵欢喜，毫不矜持地抓住师音的手，激动道：“师师真是个心善的神官！能在偌大的上清天结识你，是我之福。”

师音被握住的那只手，指尖不受控制地抖了抖。他低头对上那双亮晶晶的眼睛，凝视片刻后，轻轻移开视线，道：“小九姑娘言重了，一切……都是机缘……”

对，是机缘。

可他莫名其妙脸发红是怎么回事？

灵九儿眼神直勾勾地盯着他，问道：“你热吗？”

师音眼神左右飘忽："还好。"

"你的脸……"

灵九儿一句话没说完，两人身旁突然闪现出一道身影，是织梦。

她不巧正面对着那两只握在一起的手，心里"咯噔"一声，直觉不妙，于是二话不说，立马哪里来的滚回哪里去，掐个诀一溜烟跑了。

"方才那可是织梦神君？"灵九儿没看太清。

化出的那团白光早在交谈间灭了，四周一片朦朦胧胧，师音也没看太清，他回道："好像……是的。"

两人一问一答之后，头顶的神识圈突然同时亮了起来。

织梦传音道："抱歉，饭后消食，误入莲园，打扰了。"

灵九儿伸手碰碰自己的小圈，这才顺势松开牵住师音的手，回道："不打扰不打扰，织梦神君这招闪现用得好生精妙呀，来去如疾风，有空能教教我吗？"

刚跑回自家神殿的织梦原地干笑两声，客气道："九尊主若想学，随时都可以。"

说完，她又单独给师音传音道："恭喜帝尊，不负众望，进展神速。"

帝尊回："织梦误会了……并无进展的。"

"呵呵。"我信你个鬼。

织梦继续回两声干笑，熄了圈儿，重新找了个清静地消食去了。

见师音头顶的小圈迅速闪了两下，灵九儿心中好奇，凑过去问："可是织梦在同你说话，说了什么？"

师音一愣，弯唇浅笑，回道："客套罢了。时日不早，小九姑娘早些回殿歇息，明日径直到莲园寻我即可。”

“好，师师也早些歇息，明日见。”

灵九儿并没多想，行完拜别礼后转身走了。

近日，虚吾大殿平时负责莲园环境养护的几位宫娥总是摸黑当值，只因帝尊下令，要她们在天亮之前把清扫事务完成，天亮之后不许再出现，于是个个都撑着眼皮，深更半夜游荡在莲园的各个角落。

而白日里，大殿中当值的神官时不时会看见帝尊同一个女子盘腿坐在地上，手中慢悠悠剥着莲子，脸上总是挂着一抹微笑。

更令众神官觉得画风清奇的是，平日里虽从不端帝尊架子，却也一派清雅贵气的帝尊本尊，竟会趁那女子不注意，一手挽广袖，一手迅速从身旁花坛中抓起一把泥土，撒在宫娥们半夜清扫干净的地上，随后假装不经意发现一般，惊呼道：“啊，这里，小九姑娘快过来，扫完这里，我们便去剥莲子吧。”

每每这时，灵九儿就会提着扫帚小跑过去，把泥土重新扫进花坛中，随后开启两人每日剥莲子的欢乐时光。

那段时间，灵九儿一度认为，虚吾大殿总归是虚吾大殿，大概是神官们综合素质较高，所以莲园才日日这么干净，她还在心中暗戳戳地想，如何求织梦把自己调来莲园扫地洒水，过上日赚斗金的舒服日子。

莲子一剥就剥了半月，一池子莲蓬只剩几株尚且青绿不熟的直立在荷叶间，灵九儿数着功德袋中的数万功德，顿时觉得心情愉悦，可只要想起被扣在中天庭的彩灯，她一下子就高兴不起来了，毕竟这几万功德离欠的一千三百万，差的不止一星半点。

见她一会儿喜上眉梢，一会儿捏着功德袋沉思，师音将剥下的莲子放入袋中扎好口，规整衣衫后，轻声问道："小九姑娘近日辛苦，池中余下的莲蓬还需再长两日才能摘，眼下无事，你可想去看看上清天的人间烟火？"

来天上这么些时日，灵九儿还从没听说过这个新鲜词。从古至今，天界和凡界各有各的地盘，各有各的生存法则，烟火气息似乎也只存在于人间凡土上。

因此，灵九儿皱皱眉头，疑惑道："上清天何来人间，何来烟火啊？"

"有需有求，自然就有了，"师音语气轻缓无波，"再往深了说，心之所向，顺向而生。"

灵九儿一怔，突然感觉面前的人有些不同往常，虽说脸上还是一副弯唇浅笑的模样，可在那不紧不慢的语气之下，她似乎还抓到了一丝其他东西。

当然，这全凭直觉，毕竟师音所答的话，灵九儿虽每个字都认识，却完全没悟明白。

不过明不明白是另一回事，这么新鲜的地方，当然要去探个究竟。于是，灵九儿也学师音的样子，上下拍拍衣裙，暂时把彩灯的事放下，展颜道："走走走，去看看。"

师音拦下她，道："小九姑娘不急，我们……换个模样再去。"

"为何呀？"

“去那里的，都不会以真身示人的，”师音说着便捏个诀，把自己变成个青衫束腰的小少年，“你也变一个。”

灵九儿瞅瞅眼前这个看起来稍显青涩的少年郎，仿着他的样子幻了个差不多年纪的女娃出来，头上还顶着两个小发髻。

“这样可以吧？”她问。

师音思忖片刻，道：“或许……可以再换一个。”

灵九儿并未多想，重新捏了个诀，也变成一个少年郎，黑发玉冠，眼睛亮闪闪的，如星辰一般看着他：“这个呢？”

对于漫天仙神来说，变幻模样是极其简单的一项术法，外貌神形皆可变，不过有一点是怎么都变不了的，那就是眼睛里装着的东西，怎么变都对它毫无影响。

拿师音来说，他虽然从广袖华服的男子模样幻成了一个束腰裹袖的少年郎，可眉眼之间那股泰然和气依旧挂在青涩的面孔之上，而灵九儿呢，换了两副面孔身形，那双圆溜溜、亮闪闪的眼睛还是丝毫未变。

暂且就这样吧，虽模样依旧盖不住那股子灵秀动人的女子相，不过总归是个男儿身，没那么招人眼。师音点点头，道：“甚好，小九姑娘同我走吧。”

师音捎上她，不过转眼间，便落在一处大殿外，四周仙云缭绕，有三两个神官从殿内抱着半人高的文书出来，路过他们身旁时，连眼皮都懒得掀起。

“这是哪里呀？”灵九儿说着就要往殿门口走。

“等一下，”师音拉住她，“小九姑娘，走这边。”

灵九儿有些不明所以，不过还是掉转头跟在师音身后，往右侧的小道走过去。

这处宫殿不同虚吾大殿那般雕栏玉砌，甚至在她见过的所有宫殿中，这是最不起眼的一处，装潢简易，暗色的琉璃砖瓦，和整个上清天金碧辉映的风格截然不同。

完全走入小道之前，灵九儿还特意回头，抬眼看了一下大殿门头，上面方方正正三个大字：

灵文司。

走出小道，大殿的正后方是一处院子，什么装潢都没有，只有院中央修了个四方的凉亭，凉亭下摆着一套金黄色的桌椅，桌椅前挂着一条横幅，上面写着：通币兑换，答疑解惑，请有序排队。

而此时椅子上正坐着一个紫服官帽的男神官，他面前围着十来个仙友，你一言我一语都在争相询问什么，大家似乎只看了前两句，选择性忽略了后一句。

那男神官把手里的算盘往桌上一拍，拧着眉毛，喝道："都给我往后，排好队，有问题一个一个问，你们这样把话说成一堆，我谁的都听不清！"

这一声喝完，之前围成一圈的仙友都立马抽身出来，往后排成一队。

站在最前面的是个书生模样的仙官，他挽着袖口问道："叨扰了。小生刚飞升不久，初到天界，今日来，是想问问神官，今年天上人间的通货日是定在何时啊？"

男神官瞥他一眼，回道："每月十五，届时请早来，若不赶早，就赶晚。"

“好好，谢过紫书神官。”

书生躬身退了，后面一位书童模样的接上，道：“神官，我家尊上派我来问问，此前送往天上人间的货物，总是上架不了，是何原因？”

紫书往桌下抽出一份文书递给小书童：“把这份铺货流程好好再读一遍。货物无法上架的原因有二，货品不合格，抑或是货品没有提前通报灵文司。”

小书童道谢后也转身走了，等下一位想上前询问时，方才张口，突然一道身影闪现在他面前，吓得他手上一抖，指间的折扇顺着衣摆滑落在地。

来人一现身，周边的气息似乎都微微晃动了三分，也惊得后面一排仙友连退了两步。

那人二话不说，明明一副清朗的男子模样，却硬生生喊出武将的气势来：“天上人间求醉三日，需要换多少通币？”

这赤裸裸的插队行为，后面一排的仙友却无人敢言，皆缩手观望着。

紫书也不管他插没插队，抬头瞥一眼，拿起算盘边敲边用官腔回道：“按街上最贵的花萼酒楼来算，三日三夜的酒钱，最少需两万币，折算仙家功德八万九千。”

“给我换十万功德。”

咦，看来是个不缺钱的主儿。

那一排仙友面面相觑，等那人换完通币，消失在视线范围时，才有个别仙官出言询问：“这是谁啊？”

“不知，未现真身，不过瞧这样子，也该是个有名有面儿的一方武将。”

“哎，你们说，会不会是前几日约战青武阳神君，却最终惨败的那位北……”

“嘘……仙友话留三分。”

被打断的那位立刻闭了嘴。

方才在那人落地，气息涌来之前，师音便把灵九儿往身后一揽，那气息犹如清风，轻轻吹起他肩头的几缕乌丝，扫在灵九儿的脸上，她挠了挠，从他身后探出脑袋瞧着那边的情形。

听到此处，师音回身看着她道：“劳小九姑娘在这儿等我一会儿，很快。”

他说着就往亭子走去，径直走到小桌前，站定。

后面一排仙友顿时发起一阵眼神交流。

——这又是谁？

——今日可真是出门未看皇历，又来一插队的。

——瞅这模样，挺和气啊，要不同他说说，往后去排队？

——可行，你说。

得到眼神示意的那位仙友看着师音，轻声道：“这位仙友，方才那位是武将，行为稍显粗俗些，可这并不代表天界都是这等风气，该排的队，还是要排的。”

他挥手指向队伍的最后方，示意师音往后走，一副全然遗忘自己不久前包围紫书神君时的模样。

不想，师音却弯腰，从地上捡起一把折扇，递给排在第一位的仙友，道：“仙友的扇子掉了。”

那位接过扇子，立马躬身道："谢过谢过。"

随后，师音朝方才说话的那位仙友微微倾身，道："仙友误会了，我这就去后面排。"

方才眼神交流的那几位仙友莫名有些难堪，误会了别人的好意，难免有些挂不住面子。于是，几位又一顿眼神交流，方才说话那位开口道："是我心急，曲解了仙友好意，我瞧那边似乎还有位小公子在等，不如仙友就排第二位吧，莫让小公子等久了。"

"如此……"师音微微一笑，"便谢过众位仙友了。"

话至此处，个别心里明镜一般的仙家不得不在心里感叹道：插队插得有理有据，还不激起半分怨语，这位仙友道行深也，深也……

眼瞧后面几位仙友都没什么异议，刚刚接过折扇的那位匆忙问了两句，退了。

师音顺位上去，道："有劳紫书神官替我换十万功德。"

身后众仙一听，呼吸一滞，这又是哪个宫的啊！逛个街随随便便就换走寻常神官几月的酬劳。

紫书抬头看他一眼，没说话，随后低头在折子上写好兑换记录，递给他回执掌印。

每一位来换通币的仙神都必须以真身掌印回执，以此为证，以便灵文司的当值神官们好在各宫头上记账。不过既然大家都化了假身，这种记录当然只有灵文司掌事官才能看到，比如紫书神官。

紫书神官接过回执完的折子，心里顿时"咯噔"一声，连忙起身，看着眼前人道：“帝……”

师音原本已经收回的手又伸出去，按在折子上方，轻轻用力，打断了紫书的话头。

紫书这才回过神，微微倾身作礼后，重新坐了回去。

见师音从小亭子里走过来，灵九儿往前两步迎上去，问道：“师师可也是去换了那个什么通币？”

“嗯啊，我们走吧。”

说着，他便拉上灵九儿往回走。只是没走两步，两人的身影就一同消失在小院中了。

灵九儿只觉得自己眨了下眼，再睁眼时，他们已经置身于一条长不见头的街道中，两边皆是商铺，商铺门口还蹲着零散几个小贩，面前摆着布袋叫卖。

“这就是刚刚那些仙友口中所说的天上人间吗？”灵九儿觉得新奇极了，语调都不自觉扬高了许多。

师音看着她喜上眉梢的模样，轻声解释道：“对，这里是帝尊用灵力设的一套阵法，除了货物和人，其他你所见到的街道和商铺都是虚幻的，当然，吃食一类也属货物，属真。”

灵九儿一边左看右看，一边疑惑道：“我记得天书神官给我看的《六界录》上说道，凡间才有市集买卖，有一日餐食，有灶台炊烟，天界都是飞升的仙和神，不做交易，不入凡食啊。”

“天界中大多的仙神，飞升前皆为凡人。”师音跟在她身后，边走边解惑，“在一个清冷的地方待上数万年，难免也想偷半日浮生，不现真身，不付真情，谁也不认识谁，逛逛也好，寻个酒楼小坐片刻也罢，都只不过偷闲作乐而已。”

原来如此。

灵九儿此时才明白师音之前那句“心之所向，顺向而生”是何意思，简单点说，不过是心中有所求，自然而然就出现了这么一个立在天界中的虚无之地。

第三章

这算不算肌肤之亲？

J I U G U S H U

照师音所说，天上人间是阵法所化，在这套阵法中，有无数林立的商铺，还有街上来来往往的仙家，他们多数都是独自游逛，衬得灵九儿和师音结伴而游的这两个小少年颇为显眼。

灵九儿还一副十分新奇的模样，每家店铺都要进去晃一圈，连街道上三两个摆地摊的小贩，她也要凑过去瞅瞅。见着有售卖莲子的，她扫一眼布袋上方摆着的卖价，转头问师音道：“师师，帝尊养了那么多莲花，每年都能剥出许多莲子来，届时也要差人送往这里来售卖吗？”

师音摇摇头，回：“那些莲子只够虚吾大殿的座下神官们分一分，不曾售卖过的。”

灵九儿再次看向小贩的卖价，叹道：“如此看来，那帝尊倒还真是大方。”

说完，她不等师音有所反应，弓腰抓起一把布袋中的莲子，端详片刻后朝小贩问道："看了一圈，为何你这莲子要比其他摊贩的贵上两倍？"

闻言，那小贩眉头一挑，斜视着灵九儿回道："见两位是个识货的，我就实话说了。这包莲子，乃是太上元君养了三千年的莲花所结，可不是寻常仙人散养能比的。"

在天界，灵九儿算是初来乍到，并没有听过"太上元君"的名号，可师音一听，就觉得此话有误，于是轻声纠正道："若我不曾记错的话，粗略一算，太上元君他老人家西去该有三千七百余年了吧……"

小贩眉头再一挑，端着脸色回："口误啊口误，不是太上元君，是……是太虚元君。"

师音眉眼一弯，又温言道："这个，我倒是记得清楚。太虚元君三百年前曾向我借过几株荷花苗，养了不过月余，全都蔫了，而后他一气之下，把院中莲池生生填上，改种地瓜了呢。"

这回，小贩的眉头再挑不起来了，他脸色一变，厉色道："天上有人间，仙神各有道，莫挡发财路，埋头苟富贵。两位要是不买啊，请移步，别家走走，我这地摊容不下您两位！"

师音一愣，竟再找不着回嘴的话来。只因小贩开头说的那串话，出自他这位帝尊的金口。

三百余年前，天上人间雏形刚成，各路仙家纷纷在此建立自家商铺，兜售些平日里用不着的闲杂物品，那时候管理体制并不完善，商家和商家为争地盘而争吵，买家和卖家因压价而斗嘴，这套阵法中整日乱糟糟的，不像样。于是，师音在某天游历人间时，把一位高官大宅中的大管家给带回了上清天，赐名灵文，设立了灵文司。

与此同时，那位灵文神君，也被天界众仙神调侃为走运官，毕竟不走修仙问道之路，不历飞升大劫之坎的神官，他算是上清天第一位。

可走运归走运，能耐还是有的。灵文司设立不过百年，这位灵文神君便把之前乱作一团的天上人间管理得井井有序，短短时日，便为虚吾大殿的年度创收贡献了三分之二的财力，由此摇身一变，力压织梦和破困两大神君，成为帝尊的得力小助手，没有之一的那种。

这管制的第一招，便是对众多商铺进行编号纳册，每一份进入天上人间的商品都必须提前通报灵文司备案，方能上架售卖。

管制的第二招，是用统一的虚拟货币来进行交易，把从前买卖双方用功德、灵力、以物换物等等随意成交的方式统统剔除，只准使用灵文司发行的通币进行交易。

管制的第三招，便是之前最让师音头疼的小摊贩，这些摊贩没有租赁商铺的能力，随意在街上找个空地，就开始兜售商品。灵文司成立后，以光速手段驱逐了这些摊贩，又为了不激起怨气，设立了每月一日的通货日，在通货日这天，不论是造册的商铺还是未造册的摊贩，都可以在天上人间兜售商品，这一日是灵文司的三不管日，不管商户售卖何种商品、不管买家以何物交易、不管买卖双方售后问题，俗称“擦亮眼睛拾破烂日”，因为在这一天，会有无数仙家压箱底的东西成为商品，若是运气好外加眼睛亮，必定能淘到不少好宝贝。由此，每月通货日便成了天上人间最为热闹的日子。

最后还剩一大难处，买卖双方因压价而斗嘴，斗着斗着显出真身，大打出手的问题，灵文表示无能为力，毕竟这样的事情，人间也不少，可人和人打架，最多伤及双方，而仙神之间打起来……

师音深感头疼，苦想数日，最终决定采用一口价成交的手段，天上人间禁止讨价还价，买卖双方坦诚相待，为了提高各仙家的买卖道德，这才顺口说了这句“天上有人间，仙神各有道，莫挡发财路，埋头苟富贵”，意在暗指各仙家，若此处价高不合适，别处走走，莫要话多，挡了他人财路。

做完这些，天上人间才一日一日变成如今这派安然平和的模样。

师音此时才发觉，自己似乎一不小心，踩了自己埋下的雷，于是一时语塞。

灵九儿见师音一副哑口无言的模样，想着他平日里不急不缓的性格，似乎过于温柔和善，莫不是让这小贩一黑脸给吓住了？

于是，灵九儿腰一撑，小胸脯一挺，出手把师音往身后一拉，反呛道：“谁挡着你发财了？虽说各有各的道，谁也管不着谁，这话不假，可你这摊贩有违诚信，说半天，莲子是谁种的都理不清楚，还不让问两句了吗？”

“不让问，就是不让问！”那小贩气势十足。

灵九儿急了，脑子一蒙，气道：“你这小贩！说什么‘仙神各有道，莫挡发财路’的鬼话，你既不诚信做事，我今日偏就要挡你的路，我就是要问。你还想发财，没可能，我告诉你……”

“小九姑娘，”师音在后面弱弱插上一句，“你莫要激动……”

灵九儿回头瞥他一眼，底气十足地安抚道：“师师，有我在啊，你别怕！”

唉！

师音一口气还没叹完，那小贩也急了，瞪眼回道：“你是哪家仙门儿郎，竟敢对上清天帝尊出言不逊！那句话可是玉清帝尊他老人家金口所出，你莫不是不想在天界混了？”

老人家？

师音眼皮一抖，这……不知不觉，他竟也过到了老年人行列。

“我……”提到这位帝尊，灵九儿莫名有些害怕，“我说你呢，跟我扯什么帝尊。”

瞧面前小少年气焰瞬间低了不少，小摊贩冷哼一声，刚想再出言怼两句，却瞟眼看到隔壁摊贩手忙脚乱地收起面前的布袋，于是心中一惊，快速收起自己的一袋莲子，转身边跑边挑衅道：“我记住你了，有能耐你通货日来此处寻我，届时再好好同你理论一番！”

行啊，谁怕谁。

灵九儿瞧着那道跑远的背影，大声回道：“何必另寻日子，你有能耐你别跑……”

灵九儿只感觉胸口领子一紧，整个人瞬间被拎了起来。

“天上人间，禁止打架斗殴，光天化日之下，你竟敢公然挑衅？”

身后陡然冒出这样一句话，灵九儿脚尖点地，想回头看看什么情况，脖子却被勒到根本转不过去。

一旁师音反应还算快，立马出手锢在那位身着蓝衣的男子手腕上，忙道：“官爷误会了。你看她这么小的身板，灵力也不强，哪里敢打架呢。况且，灵文司那边下过明令，严禁暴力执法，官爷可勿坏了规矩……”

师音嘴上客气极了，可手上却暗自用力。话还没说完，那着蓝衣的男子便已经被锢得不得不松开手。

灵九儿一头雾水，刚被松开就整个人一缩，躲到师音身后去了。

来人一共两位，身着一样的蓝衣，手中皆持着长棍。师音见灵九儿无碍，这才放开手。那男子冷着脸，把他上下端详了一遍，似乎感觉到是个不好惹的主儿，于是对两人当街教育了一番，便撤了。

关于天上人间的几大管制，方才还说漏了一点。

待那两位官爷走远后，师音替灵九儿理了理衣领，轻声解释道：“别怕，这些人是专门管理秩序的，不会随意动手伤人，他们两两一组，沿街巡逻，非通货日私自摆摊的小贩若是被他们抓到，是要被监禁三日的，所以方才那卖莲子的才会跑得如此之快。”

灵九儿了然，堪堪回道：“你也听到了，是那摊贩不诚，挑衅在先，我总不能随他欺负吧。”

“我知道。”师音笑回，“小九姑娘是为护我。”

灵九儿一听，心里莫名生出几丝暖意来。她圆溜溜的眼睛四处转了一圈，轻咳道：“我俩既交了神友，你对我好，我自然该对你加倍好才是。”

说着，她踩着略微急促的小步，朝街道深处、人群更密集的地方走去。

师音眼含笑意，紧随其后。

按兮姻所说，灵九儿两万七千多的年岁，在天界也算得上是个实打实的成年仙家了，不论修的哪家术法，都该略有成就，各方见识也该深厚些才对，可她与寻常仙家不同，有数万年的时间都处于无实体状态，修出灵识后，灵识却依然被困在那团“面糊”之中，所见所感，少得可怜，对世间的认知也仅仅局限于那本《六界录》上。

进到天上人间，灵九儿的反应就如人间三岁孩童一般，样样都新奇，什么机巧玩意儿都要拎起来把玩一番才肯挪步，还有入眼的各色人间美食，汤包、糖丸、枣糕，尤其是一颗颗泡在深棕色卤汁里的椭圆状食物，师音告诉她，那叫卤蛋，是用八角、香叶、陈皮、白芷等十余种香料熬煮而出，她尤其喜爱。

“师师，我还想再要一颗。”吃完第十颗卤蛋后，灵九儿如是说。

师音习惯性地掏钱，掏到一半，突然顿住，温言道：“卤蛋虽味美爽口，可一次不宜多吃，小九姑娘可有何不适？比如……胃里胀气的感觉？”

灵九儿舔舔唇边的卤汁儿，回：“没有。”

师音往她略微撑起腹带的肚皮看了一眼，思虑两秒，还是掏钱买下一颗卤蛋。他接过后把汁水擦干净，递给她，随即道：“这颗蛋你捏好，留着回家吃，今日时候不早了，再往前的商铺是些灵器法宝的卖场，去晚了，瞧不到好宝贝。”

“行吧。”灵九儿把卤蛋捏在手里，眼睛却往旁边铺子瞥过去，“那我还能再要个汤包吗？刚刚吃的那个太烫，没尝着味道。”

师音无奈。

天上人间的时辰算法和人间一样，有日出日落，四季之分，此时正为秋盛，近黄昏。

从街头沿路逛过来，途经餐馆酒楼，小食杂货，品尝过无数美食后，师音两人踏入了灵器与法宝的售卖地界。

灵九儿跟在师音身边，兜里揣着卤蛋，手里捧着个精巧的银碗，里面乖乖躺着个面皮薄而韧、光泽油亮的汤包，面皮之上还点缀着许多花生碎。

经过第一家灵器铺，两人进去转了一圈，师音摇摇头，似乎没有心仪的物件，扭头看看灵九儿，见她小心翼翼地捧着汤包，面上也一副不太感兴趣的模样，于是换到下一家。

由此逛过三家店铺后，师音终于见着一柄长剑，通体纯白，剑鞘细美，一看便知不是凡品。他踱步过去站定，握起长剑感受了一番，心里想着剑乃是仙家标配的灵器，小九姑娘虽灵力不强，也没专修过某项术法，暂且先配柄剑傍身，挺好。

哪知灵九儿根本没把心思放在这一屋子的刀、枪、剑上，她捧着汤包，心里想着这颗圆润的小家伙什么时候才能凉，瞧着面上的花生碎，忍不住想先尝尝，心猿意马间她往身旁货架上瞥了一眼，正巧在角落里看见一柄汤勺，用小木架撑着，木架前方标着售价：壹通币。

灵九儿眼睛一亮，一个通币，折算仙家功德后再来个四舍五入，相当于不要钱啊，正好拿来吃包子。

“师师，我想要这个。”她说着就要伸手去拿勺子，手伸到一半，却被人迎面一拍，拦下来了。

“小公子且慢，”是不知何时出现的店家，拦下她道，“世上万物，并不是一句你想要便能拥有的。”

灵九儿不解：“可店家的东西放于货架之上，注明售价，不就是拿来售卖的吗？”

“很多东西的所标售价，并非就是最终卖价。”

店家手里盘着两颗油亮的核桃，话说一句就没了下文。灵九儿眉头一皱，心想不过一柄勺子而已，她和师师虽是打杂的，可好歹是两名神官，再贵也能买得起，于是回道：“那你说要多少钱，我……我们家还是有条件的。”

她说着就去寻师音的身影，师音方才听到她的叫唤，早便放下手里的剑，移步在两人一侧了。

师音回了灵九儿一个安心的眼神，随后看看那柄勺子，转而问店家：“东西既然置放于货架，那便是店家想售卖的商品，若是售价不对，店家不妨现场给个价？”

店家略微打量了他两眼，回道：“瞅着两位公子衣衫华贵，再不济也该是哪个宫的贵人，是不差钱，可这柄勺啊，无价可量。”

灵九儿眉头更皱了：“为何？这不就是柄汤勺，拿来配我手上的汤包，多完美啊。”

话音刚落，那勺子的把儿竟然抖了抖，连带着整个货架都微微晃动了几分。灵九儿冷不丁被吓了一跳，师音出手把她往身边一揽，反问店家道：“这勺子有了灵识？”

“没错。”店家习以为常一般，坦然道，“自古兵器便只有刀枪剑戟、斧钺钩叉、鞭锏锤棒等极具杀伤力的武器，如汤勺这些寻常物件是成不了法器的，可若它偏偏有那个机遇，修出了灵识，那便是远超一品灵器的法宝，自然不能以价量之。”

灵九儿一听，这口气神态，怎么越听越觉得有种卖莲子那小摊贩的感觉，想讹人？

她悄悄揪了揪师音的衣袖，嘴上冲店家回道：“那既然是无价，我们就不为难你了。汤包嘛，凉了我一口就能吃掉。师师，我们走吧。”

说着，灵九儿提脚就要走。师音反而来了兴趣，阻拦道：“小九不急，听店家如此一说，我倒觉得方才那把剑还不如这柄勺子有趣了呢。店家能否说说，这柄汤勺，它的机遇从何而来？”

师音刻意把平日唤的小九姑娘改成了小九，以免在店家面前漏了嘴。

“这柄汤勺，说起来也没什么惊天动地的大机遇。”这店家倒不是个吝话的人，眼睛微微眯着便开始遥想起来，“话说当初太上元君他老人家游历四方，教化众生，声名远播，世人皆奉他为尊。这样神祇一般的人物，平日里必是要什么有什么，就差呼风唤雨了，可偏偏这位元君仅有那么一个特殊爱好，爱喝汤，走遍六界的同时，他老人家也喝遍了六界的各类汤品，这柄勺便是太上元君随身的汤勺，侍奉元君得有数十万年了吧，多少能从元君那儿吸点儿灵气，这日日复月月，月月复年年的，渐渐就有了灵识，陪在元君身边又修炼了上万年，已经是个上等灵物了。自主灵识远超许多灵兽，只可惜自从太上元君他老人家西去后，这柄勺子就自闭了，这才被放置于此处。”

喝汤？难不成能从大佬嘴里吸灵气？灵九儿在一旁竟听得有些入神。

师音面上了然，回问道：“据我所知，太上元君他老人家的衣钵如今是由太虚元君在打理，如此说来，这家店铺的真正主人，可是太虚元君？”

“对对对。近日啊正逢秋收，我家主人忙着打理地瓜铺子，鲜来兵器铺。”店家如是答道。

师音粲然一笑：“说来我与太虚元君也算略有私交，他生性不是个难说话的人，店家不如向你家元君询问询问，问出个价来，若是合适，我这就把这柄勺子给买下，可好？”

店家眉峰微抬，眼中的审视一闪而过，他拱手做了个礼，回道：“贵人不了解，这柄汤勺此时的售价，便是我家主人所定，但方才我又说过，这勺儿无价可量，言中前后相悖，其中是有深意的。”

灵九儿圆溜溜的眼睛盯着那柄汤勺，不经意间脱口而出：“有何深意？”

“缘。”店家视线落在灵九儿身上，“这壹通币既是售价，也不算是售价，这其中相悖的两处归结到一个点上，那就得看买主和这勺儿有无缘分了。”

“请问店家，要如何才算是有缘？”师音追问。

店家转而看向师音，答道：“我家主人交代过，若这柄汤勺有幸能在这片虚空之地遇到它想再次追随的主人，那即便是壹通币，我们也是会卖的，只是数千年过去了，它除了偶尔松个筋骨，动一动之外，无论谁来，都无法将它从架子上拿起……”

咻！

店家话至此处，突然听到这么一声细小响动，一扭头，那柄细把圆头的勺儿正被那个眉清目秀、曾扬言要拿这勺吃汤包的小公子捏在手里，那动作轻易流畅到形同握起一柄寻常小勺。

“你你你……”店家眼睛一瞪，磕巴道，“你把勺儿放下！”

灵九儿一手端着汤包，一手握着那把被店家说得神神乎乎的勺，莫名觉得这店有问题，于是直言道：“说这么多，你该不会是在骗我们吧，这不就是一柄普通勺子吗？”

她一副“你看，我怎么轻轻松松就能拿起来”的疑惑模样，加上这句明摆着失去信任的反问，彻底把店家给惹急了，他提起嗓子回道：“莫要冤枉仙人！我太乾宫的仙家从不打妄语，不做伪信交易，两位要不信，方圆几里地问问，这一片兵器铺子，当属我家信誉最佳、销量最高，骗你能有几个钱啊？”

这话听起来似乎十分有底气的样子，灵九儿握着勺子，一时找不到反驳的话。

店家瞅瞅两人，随后伸出手，气道：“快还我勺儿！”

灵九儿条件反射般把勺子递过去，店家也条件反射般顺手一接，不想竟“咚”一声巨响，连人带勺砸向地面，那勺子躺在店家手里像是有千斤重，竟硬生生将地面砸出条缝来。

我的天。

灵九儿捧着汤包往后一跳，躲得远远的。

师音则在一旁看得兴起，他招招手，示意灵九儿靠近自己，随后看着地上灰头土脸的店家，道：“小九，你快去把勺子拿起来，别让它伤了店家。”

灵九儿心有余悸，但转念一想，那汤勺在她手里和寻常勺子并无区别，于是又走上前，蹲下身子，小心翼翼地从店家手中拎起那柄汤勺，放在眼前细看起来。

店家这才如释重负，起身面露尬意道："今日这勺儿估计是坏了，待我叫几个宫人来将它收回仓库，细细检查一番……"

"不可。"师音阻止道，"若我没理解错，店家方才话里的意思是指，能拿起这柄勺子的人，便是它的有缘人。如今这勺子在我们小九手里如同寻常小物一般，可算有缘？"

此时店家略显着急，他眼神躲闪，底气不足道："这……这能拿起来也称不上有缘，若叫它一声，它能答应，今日这勺子便由你二人带走吧。"

这是说的什么荒唐话呢。

灵九儿没耐心了，她把勺子往货架上一放，抬起手中的小银碗，一口就把凉好的汤包给吃了。

"虚吾大殿的那位帝尊你知道吧？"她口齿含糊着去问店家，"他有一只养了万年的灵兽，极通灵性，我叫它一声，它都吱不出声儿，就你这小勺子，它要能说话，我现场给你表演生吐汤包，你信吗？"

店家无言以对。

气氛瞬时凝固了下来，就连师音也愣了三秒，恰恰就在他愣的这三秒里，那柄原本平躺在货架上的汤勺竟然如同活物一般，突然踮着圆头立起，以极快的速度原地转了数圈，随后发出两声如男童般稚嫩的声音："汤包汤包。"

灵九儿：“？”

店家：“！”

师音双目一亮，拥有自主灵识还能发声的灵兽都少之又少，更别说是灵器了，如此看来，这柄勺子所蕴含的灵力不可估量。

店家怎么都没想到，如枯木般杵在自家店里数千年的勺子，竟然就这样被一颗汤包给拐走了，事已至此，他再无话可说。

灵九儿虽被秒打脸，却对那柄能说话的勺子来了浓厚兴致。她拦住准备付钱的师音，眉目欢喜道：“店家，这勺儿的钱记我账上！”

话落，她悄悄捏了捏荷包，这点钱，她还是能承受的。而一旁店家却眉头抖上三抖，心道壹通币也值得记账？

如此折腾一番，灵九儿也算是拥有了一件属于自己的法器。她拎着小勺跟在师音身边，踩着斜阳走向了街道的更深处。

待两人的身影完全消失后，那间兵器铺子里才闪现出一道身影，险些和回身的店家面对面撞上。

店家略惊，稳住视线后，退步拱手道：“君上，我不太明白，咱们为何要把那勺儿卖给一个灵力薄弱的小姑娘呀？”

原来店家早就看破了灵九儿的女儿身，天界的幻化术能遮盖过大部分仙神的眼睛，而总有那么一小部分仙神术法修炼得过分优秀，幻化术在他们眼中如同儿戏，只不过很多时候他们看破不说破罢了，毕竟唯有在天上人间，才能不拘泥于虚礼，没有高低贵贱之分。

店家方才听那勺子一出声，就迅速和自家君上通了神识圈，询问意见，本想再刁难周旋几番，不想君上竟简洁明了地回了一个字：卖。

被称为君上的那位男子身穿青色长衫，浓黑的乌发仅由一根白玉簪子绾于颈后，神姿慵懒。他轻飘飘开口回道："我能怎么办，我也很无奈啊，养了那破勺儿数千年，不曾想它竟胳膊肘儿往外拐，平日里想给它挪个地方，它都不愿配合，哪知它今日竟让一口汤包给糊了眼，话都让你撂出去了，能不卖吗？"

"可是……"店家语气犹豫，"把它放出去了，众位仙家还能有安生日子过吗？"

太虚细眉一挑，眼神颇有深意道："这就不关我们太乾宫的事了。当年你家君上毁了数亩虚吾大殿那位的宝贝荷花苗，他可没少挑我的不是。今日他想要那勺，正好拿去，还他一份情，这之后有什么娄子，也该是他虚吾大殿的事情。你且放宽心，守好铺子便是。"

遥想当年那勺子在中天庭的行径，还有众仙家避之不及的神情，店家就隐隐为那位帝尊和小姑娘捏上一把汗，只不过事已至此，他也只能于心底说声"祝好"了。

回去的路上，那柄勺子插在灵九儿的兜里，任她如何翻弄，都没再动过一下，异常安静。

师音教了她两个与灵器互通灵识的术法，皆无半分作用。

"不着急。"师音安抚道，"此类法器虽修有灵识，可心智仅如人间孩童一般，也许是醒得太久，睡着了，晚些时候再试试。"

灵九儿只好先作罢，继而把注意力转到兜里那颗卤蛋上，不曾想她刚把卤蛋掏出来，还没在手里握稳当，腹中突然传来一阵强烈痛感，如刀绞一般，撕扯得她手上一松，卤蛋朝下落去，穿过云层，不知砸向了何处。

“师师……”她顿住脚步，一张小脸拧成一团，面露苦楚道，“我肚子好疼。”

师音连忙回身，竟看到方才还好好的人突然脸色煞白，额头满是细密汗水。他迅速出手撑住她一只胳膊，紧张道：“何种疼法？我……”

不等那句“我渡你灵力，施法缓解”出口，灵九儿整个身子已经顺着他搀扶的方向倒了过来，随后紧闭双目，没了意识。

“小九姑娘！”师音顺势将她拦腰抱住，紧接着给织梦传了音，要她立即传天医到虚吾大殿等候。

师音垂目看向紧靠在自己胸口的那张脸，仅片刻时间，双颊竟变得毫无血色，他原地捏了个诀，两人的身影一同消失在流云之中。

大约半炷香后，虚吾大殿的一处偏殿内，洛神天医凝着眉，眼神从床榻上平躺的女子身上挪开，朝师音拱手问道：“帝尊，九尊主近日可入过凡食？”

“吃过。”师音速回，“大约两个时辰前，吃了十颗卤蛋、两个汤包，还有枣糕……三块。”

大抵是自己都觉得吃得有些多了，师音说到最后，语气都不觉弱了许多。一旁的织梦闻言，小腿一抖，瞠目结舌，这是什么神仙大胃王。

倒是洛神天医依旧凝着眉，神色还更加沉重了些。

师音见状，追问道：“天医可有瞧出小九姑娘是何病症，可有大碍？”

“大碍倒不至于。”洛神沉吟回道，“据我所知，九尊主刚幻形不久，这副身体的各个器官就如同人间婴孩一般，脆弱得很，她初食人间百味，应当饮食适量，吃些清淡易消化的食物，卤蛋、枣糕一类，易积食于胃，导致肠道胀气，发生绞痛腹泻，甚至呕吐昏迷等症状。”

简单给大家概括一下天医这段话的潜台词：年轻人吃太多了！

织梦嘴角不受控制般扯起了弧度，对不起，此情此景本不该笑的，可是她忍不住。

师音一时也语塞了，找不到话来接，只好将那双天生透着一股柔善的细长眉目转向憋不住偷笑的织梦。后者感受到师音目光之下隐隐透露出的一股威胁，于是默默拉平了嘴角。

洛神天医走之前开了两粒暖胃通气的丹药，并嘱咐道：“再过半炷香，若九尊主醒了，让她把药吃了，若没醒，便把这两粒药放于掌心，略施灵力在她腹部缓慢揉半个时辰，药效到了，自然就能醒过来。”

半炷香后，见灵九儿还没醒过来，织梦脑中开始快速思索，殿中仅有她一个女神官，余下一堆宫娥皆是些灵力低微的，派不上用场。如此天造的好时机，她此时不走还待何时？

“织梦，你来……”

“帝尊。”织梦出言打断，顺口扯了个谎，“破困神君似乎在凡间遇到点麻烦事，方才传话请我速去。为了咱们虚吾大殿在人间的信誉以及年度创收，我可能现在立刻就得走了。”

师音神情柔和，语气平缓道：“织梦啊，什么事也不急这一时的，替小九姑娘揉揉肚子，耽误不了多久的。”

织梦语塞，竟一时想不到合适的说辞，正巧头顶的神识圈竟然在这时忽闪了两下。她眼睛一亮，回道：“帝尊请看，破困他来催我了，都是共处一殿的神君，我总是要顾些情面的。”

说罢，她躬身一拜，捏了个诀，闪了。

出了大殿，织梦探入神识圈一看，还真是破困那厮发来的消息：“天上人间新店开业，全场小食三折起，酒水免费续杯，全天营业不打烊，各位走过路过千万不要错过，错过今日，超值优惠再等三年！”

最后，他还有补充：“帮贱内打个广告，各位若是有空，欢迎到店品尝！”

什么，各位？

织梦脚下一顿，险些气到捶大腿，破困难道是群发的吗？那她方才撒的谎落在帝尊眼里，岂不成了个笑话？

堂堂虚吾大殿三大主事神君之一，竟在殿外捂着胸口，险些一口气提不上来。

他们这个帝尊，别看他平日里待人和善，温言煦语的，越是这样越是容易让人心里没底，因为没有谁知道他的底线在哪里，如果触碰了，又会有何种下场。

原地平复了好一会儿，织梦才勉强给自己下了一颗定心丸，直叹道：“唉，不管了不管了，我也算是为虚吾大殿这桩万年喜事操碎了心，相信帝尊能明白我的一番苦心。”

师音如何能不明白呢，整个天界对他的一番苦心他早在千年前就明白了，今日这事，要怪就怪他偌大的虚吾大殿中，竟只有织梦这一个女神君。

师音阅过破困发来的消息，顺手散去六万六功德，配文四个字：恭祝开业。

随后，他拿起盘中的两粒小药丸，再将宫娥们皆遣了出去。

那两粒药丸在他手中被一股如清流般的灵力托住，一切准备就绪，可要掀开小九姑娘的衣物时，他却迟迟下不了手。

正踌躇间，灵九儿突然倒抽了一口凉气，随后拧着眉头，惨白的脸蛋皱成一团，身子也不由自主地蜷缩了起来。

师音再不敢耽搁，化了条白绫遮住自己的眼睛，单手摸索着解开灵九儿的衣带，探进去将药丸置于她腹部，施展灵力将药效缓缓碾入手中的那片肌肤之下。

一阵比一阵强烈的绞痛让灵九儿难受到牙关紧咬，迷迷糊糊之间，她感觉有一股暖流似有奇效，从自己小腹处缓缓延展开，所到之处如暖阳破霜一般，止痛效果一绝。

身体上的不适很快得到缓解，灵九儿的意识也在小半个时辰后开始渐渐苏醒过来。她睁开眼时，见到的便是白绫覆眼的师音，他侧坐在床边，一袭墨色长衫垂于床榻之下，清冷的下颚线条一直延伸到耳后，耳郭微微发红。

灵九儿能感觉到有只手在自己的小腹上顺着同一个方向揉动，她动了动手指，能动，于是毫不犹豫地伸手将那只手给抓住，喃喃道：“师师，我有个疑问。”

师音周身微颤，条件反射般想抽回手，却被紧紧抓着，没抽成功。

他略急促回道："事出紧急，我并不是有意冒犯小九姑娘的，你听我解释……"

灵九儿却出言打断，圆溜溜的眼睛一眨不眨地盯着师音，眼中水波流转，极其真诚道："我们俩现在这样，算不算是有了肌肤之亲？"

师音浑身一僵。

追杀·

仙女姐姐，
我赔我赔！
啊！我的花
全被你糟蹋啦！
赔就赔，
你跑什么？
你追我，
我当然得跑啊。
你不跑，
我能追？
你扛着刀，
我能不跑？
无辜
不关我事
一生气就会
自动显形
……

第四章

怎么样都不会讨厌你

◆

JIUGUSHU

这话问得师音心跳莫名加快，他脑中迅速闪过一个问题：该如何向喜欢的对象解释什么是肌肤之亲？

见他愣住，灵九儿目光一转，顺着把话题也给转了，轻飘飘又甩出一个问题：“师师，你在虚吾大殿当值比我久得多，你觉得帝尊怎么样？”

师音难得眉头微皱，双眼虽藏在白绫之下，却难掩沉思之意，他脑中迅速闪过另外一个问题：该如何在喜欢的对象面前隐晦地夸自己，才能显得低调？

然而，他这副模样落在灵九儿眼里，成功被解读错误。她微叹道：“唉，算了，不该让你对自家帝尊作评价的。只是我有些困惑，自打我上天以来，兮姻暗里点过我许多次，要我去接近帝尊。我又不是傻子，当然能明白他的用意，可我从未见过那位帝尊，况且我还在《六界录》上看到过，说夫妻之间要一直待在一起，直到神魂消散于世间。我就想啊，如果一定要选一个神官，和他成亲，那我更愿意和师师你待在一起，虽然我挣功德确实很辛苦，不过开心更重要。如果刚刚那样就算是肌肤之亲，那我们以后只要一直待在一起就可以了。”

闻言，师音睁眼，透过一片雾白直视着那张精巧、认真的小脸，随后他指尖微动，白绫顺着鼻梁滑落而下，露出的眸光深邃而隐忍。他轻声反问：“那小九姑娘可能想明白，自己为何更愿意和我待在一起？”

“当然能。”灵九儿转回目光与他对视，“我喜欢师师你这样温柔好亲近的。”

“若有一日，你发现我并不是平日里这副温柔模样，该怎么办？”

“我都喜欢你了，管你什么模样，我统统都喜欢。”

“小九姑娘生性纯真，自然是好。”师音趁机抽回手，拾起一旁的被褥替她盖上，“可人有很多面，并不是只有你眼中看到的这个样子。万一哪天我身上失了你最喜欢的东西，到时你我已是夫妻，必须在一起，偏偏又相看两生厌了，又该怎么办？”

灵九儿思索片刻，轻轻回了一句：“那不会，你怎么样我都不会讨厌你的。”

话听至此，师音心中虽有暗喜，不过忧虑更深，一开始本只想简简单单，以寻常身份与她靠近，如今似乎越来越难扯开自己身上那层身份了。

正寻思该如何回话时，扯谎溜走的织梦又悄悄回来了，只不过是站在殿外，她询问道：“九尊主可有好些了？”

师音不答反问："织梦神君办事竟如此高效，凡间那点麻烦事这么快就解决了？"

织梦小腿再次不自觉一抖，自己扯的谎，跪着也要将它扯完，于是顺口应道："小事小事，挺好解决的。"

"既是小事，竟也值得破困神君请求外援，莫不是近来我们殿中战斗力有所下降？"问完，师音立马话头一转，"前几日偶然听灵文说，今年的天界招新大会提前了月余举办，不知织梦可有听闻？"

"这个……这个，略有耳闻。"

织梦哪止是略有耳闻，简直是听之惶恐啊，稍微有点脑子，都能听出帝尊这话茬里的意思，明摆着是想给虚吾大殿招收新鲜血液，到时，他们这主事神君之位再难坐得安稳。

也只有灵九儿没听出那层意思，只觉得自家殿里的神君似乎对师师有那么一丢丢惧怕之意，莫不是师师这打杂打得还颇有高度？

见两人之间的对话似乎缺了些和气，灵九儿眼珠左右一转，出口解围道："织梦神君，我好多了，你怎的不进来坐坐？"

"不了不了，方才收到宴帖，说灵宝帝尊下凡铲除邪祟，在人间大放异彩，特在家中摆宴待客，我来通传一声，便得去赴宴了。"

织梦心中惶恐，生怕屋里那位帝尊再说些什么，嘴里话还没说完，就抬脚准备走了。师音可不打算放她一个人走，逮着她的尾音，接话道："织梦你别急着走，那边既摆了宴席，我自然也是要去一趟的，一道走吧。"

说完，他起身前替灵九儿压了压被角，低声嘱咐："你躺好，先休息一会儿，我很快就回来。"

其实灵九儿隐隐约约也知道自己肚子疼肯定和吃太多是断不了关系的，为了杜绝尴尬，她才在醒过来时将话茬扯开，毕竟来天界这段时间，她也没整明白太多，就明白了一件事，自己对温柔又长得好看的男神官，简直是毫无抵抗力。她怕兮姻那老头儿撮合她和帝尊这事，时间久了，天上流言四起，到时难以解释，于是才借此机会表明态度。此时什么宴席她自然是再不能去的，只好乖乖躺着，顺着师音捏被角的动作往下缩了缩。

赴宴的路上，织梦心里忐忑不安，瞅瞅身旁拢着双手、步履从容的帝尊，总觉得自己该说点什么，但又不知从何开口。

师音自然能察觉到那道时不时探向自己的目光，他率先打开话茬，开口问道："织梦啊，你总看我做什么，莫不是我脸上有东西？"

"帝尊，那个……恕我直言，"织梦抬手，两个指头捏在一起比画，"有那么一丢丢压迫感。"

见织梦一副小心试探的模样，师音不禁好笑："何来的压迫？"

"帝尊方才提到招新大会，可是想……"

"织梦误会了。"师音轻声打断，"我提到的重点是灵文，只不过是他总爱忙于公务，鲜来我身边晃悠，有些想念罢了。"

想念？

织梦一口气哽在喉咙间，看来招新这件事，帝尊是不想和她坦诚相待了，明晃晃点了题，竟然点不破。

罢了罢了，反正她和破困早被灵文那个死古板给挤成了旧爱，习惯了。

织梦心不在焉应道："啊，是这样啊，灵文的确是挺敬业的。"

“若论敬业的话，你和破困也不差他丝毫，可你知道我为何更偏心灵文几分吗？”

师音冷不丁抛出这么一个令人尴尬的问题，织梦思索了片刻，心想难道不是灵文那家伙新鲜，自己和破困被岁月熬到人老珠黄了吗？

最后，她弱弱回道：“自然是灵文神君对咱们大殿的创收贡献更高，帝尊偏向他也是应该的。”

织梦自认为这个回答充分表达了自己的大度不计较，没个九十分，也该是个及格线。不料竟被师音毫不犹豫地给否定了：“织梦，你错了。”

乍一听到这几个字，织梦心里“咯噔”一下。

还没等她“咯噔”完，就听到师音淡淡一句：“今日若换作灵文，任何事不管对我是好是坏，他都不会骗我。”

织梦闻言，忐忑地对上师音的目光，那双眼睛深而沉。他看着她继续道：“今日这事，我知你是为我好，可是织梦，我必须要提醒你，下次不可再犯此错。我与小九姑娘并未婚配，行为之间不可过分逾规越矩，你和破困是我可以深信也能够紧紧依靠的人，你们要明白我更需要什么，万不能随着兮姻胡闹，可明白？”

这下织梦不敢再飘了，停下步伐规规矩矩拱手应道：“明白了，帝尊的意思，稍后我会同破困传达的。”

“这就对了。”师音突然笑着收回视线，“织梦一直都是个聪慧的好神君呢。”

语毕，他施施然抬脚走了。

瞧着翩飞在云层中的墨色衣摆，织梦呆滞了，这突如其来的夸赞是怎么回事，好神君……呢？

这令人周身发麻的语气词又是怎么回事？

织梦抖抖身子，连忙跟了上去。今日别的不说，她算是搞清楚了自家帝尊的一大人生底线，那就是婚前禁止与眷侣亲密接触，这底线可同他那位二哥形成了云泥之别啊。

天界数万年来无战事，众仙神间氛围一派祥和，不论谁家有个什么大小事，都爱摆几桌流水席，宴请一下四方排得上名号的文官武将，一是为各方联络感情作出贡献，二是礼尚往来，毕竟在收礼钱这种事情上，神仙们也是非常钟爱的。

玉琉宫的宫门处，宾客进进出出，人流不断。师音远远便瞧见一道水绿色的飘逸身影，他闪身过去将人拦在宫门外，微微躬身唤道：“二嫂嫂，许久未见，各方可安好？”

闪现闪得如此悄无声息，飞花被乍然出现在身旁的人吓了一跳，条件反射般往后退了小半步，稳住身子看清来人后，才拱手相拜，回：“小仙最近有些耳背，未听说灵宝帝尊有姻喜之事呀。可巧了，我还间歇性眼拙，玉清帝尊这声‘二嫂嫂’唤的是哪位仙家啊？”

飞花装模作样地四处瞅，一副全然不关自己事的样子。师音眉眼一弯，轻笑道：“几百年过去了，二嫂嫂还是那么爱开玩笑，要论起这股灵动劲儿，那些刚飞升的小仙女恐怕还比不过你呢。我既然拦住的是你，叫的，自然也是你了。”

“咳，那什么……”飞花刻意压低了声音，“几百年前就同你说过，莫要叫我嫂嫂，我与你家二哥尚未成亲，如此越矩的叫法，容易让仙人笑话。”

师音也低声回道：“既然这般让嫂嫂为难，不如我私下同二哥哥说说，将这桩婚事尽快提上日程？”

说起上清天最强武神灵宝帝尊与中天庭飞花的爱情故事，整个天界无人不知无人不晓，恐怕绑个凡世的说书先生来说个三天三夜都说不尽，是以此处简单提两句。

遥想数万年前，灵宝帝尊还不是个帝尊，甚至还未飞升，尚为凡人时，曾是当时国力强盛的仓央国二皇子，弱冠之年被送往一处剑庄学艺，那剑庄的庄主在自家后山养了大片花圃。当时的师玄年轻气盛，身上难免有些皇子常有的跋扈劲，某日犯了错，受到师父体罚后，挥着他那把镶金的长剑把那片花圃一顿糟蹋，这撒气的后果，自然是没有什么后果的，毕竟堂堂一国皇子，庄主总不能为了怜惜花草而去找人麻烦，于是此事不了了之。

但当时的飞花已经位列仙班，且刚刚上任百花主之位，这新官上任还三把火呢，欺花之罪他庄主能忍，飞花可不能忍，于是挥着她那飘舞的水袖从天而降，将一表人才、气宇轩昂的二皇子一顿揍，两人从此结下深仇。

至于之后为何会出现爱情故事，这里要用师玄的内心独白来进行简单概括：“敢揍当朝皇子的人，她是这世上第一个，可是不知道为何，我竟觉得这女人该死的特别。”

没错，就是如此俗到极致的由恨转爱剧情，只是飞花怎么都没想到的是，那个被自己揍到晕头转向还要追着她跑的男人竟然在五年后飞升了，当时一同飞升的还有仓央国太子师青和三皇子师音，师家三兄弟在天界就跟开了挂一样，一路升职加薪，仅用了短短四万年时间，便将上清天当时的老帝尊给请回家种田去了。

师家三兄弟由此成为上清天三帝并尊的首例，大哥师青管控上清天的所有事物，大到各方领地划分，小到各上神家中琐事。三弟师音创立众仙神的浮生之所——天上人间，手下有织梦、灵文、破困三大掌财神官，成为名副其实的上清天金钻王老五。最后是此段的主角，二哥师玄，他掌管人间日月风雨，手下有日月两神和风雨二师，本该是上清天最逍遥自在的神，却利用职务之便，对飞花穷追猛打，几万年来厚着脸皮，明里暗里为她开了无数次晋升后门，皆被人无情拒绝，于是从逍遥自在一朝变成苦情倦怠的“惹人疼”帝尊。

说到这里，看不明白的，还以为这是一方单恋，穷追不舍的悲剧，稍微看仔细些的，就该知道，这两位是在暗戳戳调情呢。

人家玩的，是一场追逐游戏，一般人不懂。

所以当师音提起婚事，飞花那面上是一脸同情，没经验始终还是没经验，成亲能有谈恋爱好玩吗？日日处在同一个屋檐下能有距离产生美来得刺激吗？

再说了，她飞花在中天庭也算得上是一宫之主，若是晋升了，去到上清天那种大佬云集的地盘，就算她是帝后，那步伐上多少也是会受限的，她如今逍遥自在，想去哪儿就去哪儿，师玄那厮若是空了，自然会追来她身边，寻个灵气充沛的地，两人聊聊天、喝喝茶、练练功……

想到此处，飞花突然面色一红，眼神四处飘飞，扯开重点回道：“说起婚事，帝尊还是多操心操心你自己吧。还有啊，小仙有个不情之请，能否请帝尊将那声‘二哥哥’简短一些，比如‘二哥’这样？”

二哥哥、二哥哥，她听来实在硌硬。

“啊，抱歉。”师音恍然道，“在凡尘叫惯了，经嫂嫂这一提醒，我今后会多多注意的。”

飞花太难了，没了二哥哥，嫂嫂又叫上了。

罢了罢了，她想起圈在自家宫里的那只大鹅，遂问道：“前几日你们殿中有位名叫灵九儿的小神官，从上清天跌落至中天庭，压坏了我一片牡丹，我将她骑的灵兽扣了作抵押一事，不知帝尊可有听闻啊？”

师音面色一正，回道：“我正要说起此事呢。怪那灵兽刚刚孵化，体力过于薄弱，坏了嫂嫂的牡丹，我近来心中都有不安，想着嫂嫂的花萼酒楼似乎最近营收有所下降，不如我命灵文给酒楼减免三个月的租金，以此赔礼，赎回灵兽，赔款照赔，嫂嫂可满意？”

免三个月的租金，赔款还照赔不误，那是相当满意呀。

飞花眼角藏不住喜色，脑中正想着如何矜持地应下这桩美事，不料师音再度开口，逻辑缜密道：“嫂嫂的酒楼是天上人间最黄金的商铺地段，占地面积也大，我那只灵兽若按市场均价折算，仅能和酒楼的两月余十六天租金相抵，剩下的十四天租金，折算仙家功德得有二百七十万，四舍五入算三百万，就抵了我们小九姑娘欠债的零头吧。”

“呵呵……”飞花强拉出一丝微笑，“帝尊真是好会算，每年收租都能赚个盆满钵满，是不是如在河里畅游一般，水分大到呛嘴呀？”

师音面不改色，回怼道：“嫂嫂真爱说笑。这河里水分再大，也是它该有的部分，哪像嫂嫂那一院子花花草草，每日吸收天地灵气，功力不长，净会长水分，厉害呢。”

这句话什么意思，说他天上人间赚钱是理所应当、顺应自然的，她死去那片牡丹叫价一千三百万就是在讹他虚吾大殿?

飞花一口气冲上了头，脚下一跺，一个“你”字还没出口，赶来的织梦成功将她打断，朝两人分别拱手相拜后，织梦客气道：“帝尊，仙子，我先进去占位了，两位慢聊啊。”

织梦行完礼便匆匆踏进宫门走了，听说今日宴上有歌伶唱戏，这两人，一个是宴席正主的弟弟，一个是宴席正主的仙眷，摆宴肯定是有家眷席的，她非亲非故，去晚了可就占不到好位置了。

经织梦这一打岔，飞花那上头的火气也落了三分，好歹人家是个帝尊，这大庭广众的，不该较真，不该较真……

飞花咬着牙笑道：“帝尊恐怕还不知道，近年来人间旱情严重，这花草啊难养活，水分越多，越是值钱呢。”

她话是说得轻缓，颇为客气，可憋着的那股暗气竟硬生生将肩上的大刀给召唤了出来。师音眼尖，反应也快，急忙从袖中抽出手，轻拍在刀柄上，道：“嫂嫂莫要较真呀，早晚都是一家人，生什么暗气呢。”

那大刀被他一拍，竟周身抖了抖，弯起刀柄，缓缓往飞花身后缩了缩，活脱脱一副小媳妇的娇羞模样。

飞花那个气啊，直接气到脱口而出：“我没生气！我能生什么气啊！”

周围有路过的仙家，冷不丁被吓了一跳，斜着眼打探片刻后，朝这两位拱手行个礼，又匆匆走了。

正巧，话音落完，师音还想着该如何安抚安抚自家未来嫂嫂，师玄便从内殿里出来了。众多仙家里，那道身形娇俏却肩扛大刀的身影很是夺眼，师玄快步朝她而去，全然没有平日里端着的那副武神模样，神情紧张地关切道：“怎么了这是，一家人怎么还亮起刀来了。”

师音如见救兵一般，朝师玄走来的方向微微倾身，招呼了一声：“二哥哥。”

同时响起的，还有飞花略带委屈的一声：“哥哥。”

出声的两人默默对视上，师音在遭受飞花一记白眼后，抿了抿唇，改口道：“那个，二哥，我先行一步。”

师玄一头雾水，完全没想到自己的仙眷竟会同自家弟弟为一句称呼而闹情绪。

那日宴席后不久，飞花便派手下的人将彩灯送回了虚吾大殿，见彩灯悠然地浮在那片莲池中，身子似乎当真比从前圆润了许多，灵九儿一直隐隐提着的心终于落了下来，可若要再将彩灯当作灵兽去骑，她是断然不敢了的。

近日师师似乎很忙，时常见不到他，神识圈敲他也要许久才会回应。于是在莲池见过彩灯后，灵九儿闲来无事，又逛到了织梦的主殿，许久未去探访那片草地，里面的碎功德都快攒成小土堆了。

灵九儿尽情感受着捡钱的欢乐，与此同时虚吾大殿的正殿内，师音端坐在案桌前，也在尽情感受着钱太多带来的苦楚。那案桌上摆满了账本，织梦站在一旁，手中还抱着厚厚一摞，嘴上回禀道：“就这些了，我殿中一共二十四本账簿，破困那边送来十七本，灵文司……大大小小、厚薄不一的拢共有五十本账簿。”

“用不了多久，这季度账簿就该破百本了吧。”师音生无可恋。

织梦平静应道：“粗略一推算，破百大概是下个季度的事。”

“织梦啊，”师音突然语气一变，“你说这些账簿，我看与不看，是不是没多大影响？”

“帝尊若是觉得手里钱太多，每年账簿上漏个几千万什么的无伤大雅，倒也是可以不对账的。”

几千万……能给小九姑娘配柄上品灵剑了吧。

师音默默拿起账簿，将话茬引开：“凡间的事安排得如何了？”

“都安排妥当了。”织梦将账簿堆放在案桌下，回道，“帝尊将账簿的事了完，便可以安心去了。”

师音缓缓点点头，沉思片刻，又问起：“小九姑娘还在莲池吗？”

“……方才去了我殿中，重拾旧业了。”

织梦说得极其委婉，毕竟不出意外，那位可是自家未来的小帝后，总说她去草地里捡钱，太不风雅。

不过师音是能听明白的，他想了想，吩咐道：“还是将小九姑娘调来莲池当值吧。交代一下那几个打扫的宫娥，继续在日出之前清扫完周边。”

“好，我这就去办。”

织梦应完便打算撤了，只是刚转身没走两步，师音又把她叫住，眉目和善道：“织梦啊，我不在的这几日，小九姑娘就劳你多多照管了。”

这都两万多岁的人了，自己还不会照顾自己吗？

织梦在心里暗自叫苦，嘴上却连忙回道：“那是自然，那是自然。”

收到来自帝尊的满意目光后，织梦退出了大殿。

与此同时，织梦神君殿外的草地上，灵九儿将那些碎功德捡得一干二净，闲来无事便将兜里那柄勺子给掏出来，捏在手里把玩，同时自言自语道："彩灯虽回来了，我却再不敢使唤它载我出去兜风了，鹅总归还是帝尊的鹅，我看天上这些神仙个个都会御剑，仔细想想，我若能御个勺也还不错，可揣了你这么多天，怎么就一点动静都没有呢？"

她将勺放在草地上，食指捏着勺柄猛一打转，勺子便在原地快速旋转了数圈，如此动作重复两遍后，突然有道稚嫩的声音喊道："别转了，晕晕晕！"

灵九儿闻声，眸光一闪，抓起勺子惊道："哇，勺勺，你终于肯说话了！"

"我有名字。"勺儿傲娇回道，"元君唤我小答应，你……姑且就先让你叫一段时间吧。"

灵九儿把勺往怀里收了三分，警惕道："为何只能叫一段时间？你可是我花了钱买下的，你不会想跑路吧？"

我跑你个鬼！

勺儿意思性地挣扎了两下，回避道："你放我下来，带你见识下什么叫真正的兜风。"

"兜风？"灵九儿蹙起眉，"难不成还真能御勺？"

她将信将疑地将勺子放在草地上，只见那小小一柄汤勺，竟在顷刻间变大了数十倍，那原本盛汤的圆头部分深深凹陷下去，如她这般身形的，估摸着能装进去两个。

“进来，坐稳。”勺儿发声了。

灵九儿眉目难掩欢喜，身子轻盈一跃，整个人便盘腿坐了进去。她面对着勺柄，夸赞道：“小答应，没想到你竟如此深藏不露，不愧是太上元君的御用汤勺呢。”

“转过去，别将脸对着我。”

要说风景，还得是中天庭占优势，上清天只有寻梦渡那一处风景还算能看，可看的还是中天庭的千宫景，于是一人一勺，十分默契地朝中天庭飞去。沿路碰上许多或御剑或驾鹤的仙官，灵九儿兴致勃勃地挨个儿打招呼，却不想众仙如避瘟神一般，瞥见她，转身就跑。

有一个仙童模样的，躲闪不及，脚下不稳，连带着长剑一起摔到了云层上。

灵九儿拍拍勺儿，示意它停下，她本想扶那仙童一把，却不想仙童连连后退，指着她的方向，愁苦道：“又是你，你别过来，我家君上的宫观至今都还未修缮完整，你莫要缠着我。”

宫观？修缮？

灵九儿虽蒙，但还是和善地问：“这位童子是不是误会了，你家君上的宫观没修好，与我有何相关呀？”

她这话刚落下尾音，勺儿紧接着就来了一句：“我敲的。”

“你敲的啥？”灵九儿条件反射般问。

“我敲的宫观，一勺一块顶，敲破了中天庭一百零八座宫观。”

灵九儿气血一冲：“你！你……”

她出口一字便无下文了，勺儿淡定道："太上元君生前语录，有话不说，憋坏脑胸。"

"你有病吧……"灵九儿气势突然不自觉弱了几分。

说话间，那小仙童早跑得无影无踪了。

勺儿似乎是叹了口气，随后回道："那时年轻气盛，难免勺仗神势，你且放宽心吧，跟着你，我还是有几分自知之明的。"

灵九儿怀疑这话是在碾压她的地位，可转念一想，自己哪有什么地位，一没钱二没势，它想仰仗也仰仗不了啊。

"你能这么想就对了。"她动动身子，语重心长道，"我啊，刚来天上没多久，虽然大家都称我一声尊主，可实际上没一点用，我就是个打杂的，哪里需要哪里搬，你也看到了，我还喜欢捡钱……"

她碎碎念了半天，勺儿虽声音稚嫩，如孩童一般，可不代表智商也如孩童，这话中意思还是能听明白的。

也就是简单两句话，你跟着我不能闯祸，闯了祸我也帮你赔不起，我还没什么地位，仙家们绝对不会给我面子。

勺儿若是有人身，绝对白眼翻飞了。它淡定打断道："行了行了，你想太多了，你以为我跟着你图什么，还不就是馋你两口汤包。"

此时，勺儿载着灵九儿沿途飞到了一片花圃之中，种类繁多的花草竟一眼望不到尽头。有四五个宫娥似乎是在采集花蜜，抬眼往这边看了片刻，惊道："贼来了，快叫宫主！"

话音未落，宫娥们全部一溜烟跑了。

灵九儿没再管它是不是馋汤包，纵身一跃，跳入了花圃之中，脚下朝那几个宫娥逃跑的方向迈了两步，叫道：“仙子别跑，我纯属路过，不偷花，不偷花的。”

没承想，她话刚说完，身后就传来一声极其细小的吸入声。她回身一看，那柄巨勺已经恢复巴掌大小，正浮在一朵淡紫色、形同喇叭的花朵上暴风舔吸。

“小答应！”灵九儿一把将它拎起来，“咱们是出来兜风的，不该跑来别人花圃里胡闹，仙子都叫你吓跑了。”

“这里的花蜜是优质的蜜，我们采些回去吧。”勺儿商量道。

灵九儿否决：“不行，这是别人家的花，花蜜自然也是别人家的，怎能随意采走。”

“熬甜汤，入口醇香，蜜汁四溢，齿间留香三日不绝！”

“这……”灵九儿意志摇摆，“光天化日之下，方才还有仙子瞧见我们了，不如晚间我们再来……”

勺儿此时突然出言打断：“我困了，先睡了。”

语毕，它从灵九儿手中挣脱，如纸片一般飘入了她的衣兜中。

灵九儿还愣着没反应过来，身后倏然一声怒吼：“敢偷我家的花蜜，我看你是活不长了！”

妈呀。

灵九儿一个回头，入眼的又是那把大刀，还有刀下熟悉的娇俏身影，她连忙道：“飞花仙子，是我是我是我，灵九儿，可还记得？”

看清眼前那张脸后，飞花声量平缓了不少，她反问：“是你偷的？”

“不是我，不是我。”灵九儿张口否认。

闻言，飞花身后跟着的两个小宫娥指着她，小声道：“就是她，还有那柄勺儿方才也在。”

灵九儿无奈。

飞花审视的目光笼罩在灵九儿身上，肩扛大刀绕着她走了一圈，又突然凑近她嗅了嗅味道，最后一言不发地将手探进她兜里，把勺儿给掏了出来。

“又是你，”飞花拎着勺，气道，“几千年没见，这偷吃的毛病还改不了。”

说完，飞花双手握着勺儿的两端，稍一用力，便把勺子变成了九十度弯曲体：“哟，换了新主人，脾气弱了不少嘛。”

勺儿依旧装死，毫无反应。

灵九儿在一旁悄悄咽了咽口水，小声解释：“飞花仙子，我们就是出门兜个风，不是来偷你东西的。你就放过它吧，它还只是个勺子呀。”

“只是个勺子？”飞花反驳，“你知道它数千年前的行径有多恶劣、多臭名昭著吗？”

说着，飞花用那柄勺指向远处，发现弯曲的圆头指向了地面，又出手将它掰直，继续道：“请看那边。”

灵九儿抬眼望去，所见是一座白玉宫观，顶上的琉璃瓦散着淡淡白光，一看便知道，造价不菲。

见她没出声，飞花追问道：“看到了吗？”

“啊，我看着呢。”灵九儿回。

飞花道：“你再仔细看看，有何不对之处？”

闻言，灵九儿眯起眼睛，仔仔细细将那座宫观扫了一遍，果然发现不对的地方，那顶上的琉璃瓦竟有巴掌心大小的位置是黑的，不仔细看，还以为是瓦片色调本为黑色，仔细一看，才发现那块地方原来是个洞，被周围的白玉光给映照得不那么显眼而已。

她略惊道：“有个洞。”

“那可不只是个洞，”飞花收回勺子，咬牙道，“那简直是个滔天大窟窿。当年这破勺儿频频来我院中偷蜜，看在老元君的面子上，我也就算了，可它竟然还抽风一样敲破了我家屋顶。我百花宫的主殿周身皆是用南海白玉所造，这白玉八百年才产巴掌大一块，我修了四千年，才将屋顶恢复成如今这般模样，你说这勺儿它还能是个好勺儿吗？”

“这……”灵九儿颓了，“我初来天上，不知道它竟有过如此恶劣行径，待它醒来，我定好好教育它，叫它向仙子赔罪。方才它偷吃的花蜜，折算一下，我来赔吧。”

飞花捏着勺，思量了片刻，有些于心不忍道：“怎么，挣到钱了？”

“也没有，前段时间替帝尊剥了不少莲子，有那么一点，待我再存多些，到时再来还仙子牡丹那笔债吧。”

灵九儿说着就要去掏自己的功德袋，飞花见状，眼中精光一闪，阻止道：“算了算了，今日这蜜当是送你的，不要钱了。”

灵九儿疑惑问道：“仙子这话当真吗？”

“当真当真。”飞花将勺儿递还回去，“也没偷吃多少，我又不是那种斤斤计较之人，不讹你的钱。”

灵九儿接过勺子揣进兜里，欣喜道：“那九儿便谢过仙子了。”

飞花笑看着她，扯开话题道：“不用客气，方才你说你替帝尊剥了莲子，那你可知帝尊的莲子，一颗当值多少钱？”

灵九儿摇摇头，表示不知。飞花贼兮兮地凑到她耳边，小声道：“你欠我那一千万，两颗莲子，足矣。”

“那莲子要五百万一颗？”

灵九儿突然想起，自己剥莲子那会儿，剥到长得嫩的，师师都会喂给她吃，这么一想，下肚的至少得有数十颗。她顿觉胸口闷得慌，那脆嫩的口感简直比嚼金子还珍贵。

“若是遇到懂货的，出价可不止五百万。”飞花再次凑到她耳边，用更小的声音道，“怎么样，拿上两颗去天上人间贩卖，你供货，我出客源，卖了钱，你七我三，如何？”

灵九儿眉头紧蹙，担忧道：“可天上人间我只去过一回，还是朋友带我去的，我找不到路，如何去卖啊？”

一听这话，飞花便知道交易成了。她笑道：“好说好说，那是套阵法，无路可走，却有令可通，寻常游客想进去，需在灵文司购买月票或者年票，若无票，念一遍通阵令也就能进去了。”

“何为通阵令？”灵九儿问。

飞花立直身子，闭眼片刻，头顶的神识圈快速闪了两下后，她睁开眼，皮笑肉不笑道：“一二三，四五六。”

说完，她整个人就消失了。

灵九儿正疑惑，飞花又突然回来了，她问道：“怎么样，看懂了吗？”

“现在懂了，”灵九儿点点头，学着飞花念道，“一二三，四五六。”

等了片刻，她还在原地，与飞花四目相对。

“哎呀，不对。”飞花纠正道，“你没学到精髓，你主要看表情，我方才探到帝尊今日的心境状态，他便是一副苦笑模样，念通阵令时，就需做出苦笑，表情通过验证后，才能成功进入天上人间。”

灵九儿道：“这么麻烦？”

“免费的当然麻烦了，花钱办票的才出入自由嘛。”

第五章

偷就要偷好的莲子

J I U G U S H U

经飞花两次指导后，灵九儿已经能将那副皮笑肉不笑的表情做到秒过验证的地步了。临走时，飞花叫宫娥取了两罐花蜜送来，灵九儿咽咽口水，一手一罐抱着回去了。

路上，小答应醒了，飞出来悬在灵九儿肩头，连连叫唤：“喝甜汤，喝甜汤……”

灵九儿没搭理，反问道：“小答应，你以前当真那么虎，一口气敲了别人家一百多座宫观吗？”

“那当然，这事我还能骗你不成。”

“为什么啊？”灵九儿追问。

肩上悬着的勺儿突然又没动静了，半晌，才淡淡回了一句：“渡劫呗，你们神仙要渡劫，我们灵器自然也要，特别像我这样不在兵器行列的，想要修出灵识，是要受九天雷劫的，当时那破雷劈得我意识恍惚，瞎砸的。”

一柄小小的勺子，能最终修出灵识法力，是要经过数十万年的磨炼才能成就的。灵九儿想到这点，莫名有些心疼这个小东西，于是出声安抚道：“原来如此，没事没事啊，如今熬出头了，没雷敢劈你了，回去叫师师给我俩煮甜汤！”

而她提到的师师，此时脸上依旧还挂着一副苦笑，正在大殿中勤劳地翻阅账本。数钱这种事情，本该是心情愉悦的，可若钱太多，那数起来也是相当费神的，是以笑着笑着就不自觉苦楚了起来。

灵九儿被调至莲池后，分到了一处小小的住所，她回去的途中绕路去了师师的住处，敲了半晌门却无人应。她转身要走，却发现旁边那座大殿里灯火通明。

难不成是那位帝尊回来了？

她鬼使神差便往那边探过去，手中抱着两罐花蜜，头凑在门缝前，隐隐约约瞧见殿中端坐着的身影。还不待她瞧个真实，身边突然有声音叫道：“九尊主，这是刚从中天庭回来呀？”

灵九儿立马挺直腰杆回身，有些心虚道：“是……是啊。织梦神君，我从飞花仙子那儿回来，带了两罐花蜜，想找师师来品尝品尝。”

“哦……”织梦拖着尾音意味深长道，“原来如此，可这里是帝尊处理公务的正殿，九尊主找错地方了。”

两人对话到此处，方才还灯火通明的大殿内不知何时竟变得漆黑一片。灵九儿正想着该如何解释自己偷看的行为，一旁偏殿的门却从里面打开了，师音抬脚走出来，唤道：“小九姑娘，你在找我？”

灵九儿闻声回头，莫名有点蒙，她回道：“对啊，方才我敲你的门，半晌也没人应，还以为你没在家呢。”

“我在的，只是小憩了一会儿。”师音走过来，接过她手里的罐子，“这蜜产自百花宫，用来煮甜汤最合适不过了。”

灵九儿一听，欢喜道：“巧了，我也正是此意。”说完，她问一旁的织梦，“织梦神君可有空，我们一起喝甜汤吧。”

“我不喜甜食。”织梦退后一步，打算撤了，“宫中还有些琐事要处理，我先走了。”

她朝两人作了个简礼，转身没走两步，身影便消失无踪了。

师音抱着蜜罐，招呼道：“小九姑娘，随我走吧。咱们虚吾大殿早前也设有厨房，只是很少开火，今日正好派上用场。”

他说着便朝另一头的长廊走去。灵九儿抬脚跟上，压低声音问：“师师，方才在正殿里的可是那位帝尊？”

“啊……”师音也小声回道，“可能是吧。”

灵九儿凝眉思索了片刻，决定跳过这个话茬，同师音边走边闲聊了起来。

“师师，你最近是不是遇到什么大事了，一直在忙。”

“年终了嘛，堆积的一些杂事而已，算不上大事。”

“哦，那可有什么端茶送水、扫地抹窗的小事需要我帮忙的吗？我在莲池反正也是闲着，你随时叫我嘛。”

“这个……倒是不曾有。”

“怎么会没有呢，你要是同其他神官一起办事，总会口渴的呀，我昨天一整日都没和你见到面。”

闲聊到这里，师音总算听出了潜台词，什么端茶送水，她只不过想和他待在一起而已。

“这样吧，小九姑娘，”师音嘴角不自觉露出笑意，“这几日正巧是人间的极寒时节，雪神连日耕耘，造出了万里雪景，明日我早些结束，你在莲池等我，我带你去瞭望台观景，可好？”

女儿家的心思被人看破，同时这人还能以极其舒服的方式接起你的小心思，这种感觉简直不要太好。

灵九儿眼角夹着笑，略微克制了一下自己，轻声回了一句：“好呀。”

两人穿过一段长廊，停在了一间小屋前。师音推门进去的同时，说道：“对了，小九姑娘，三日后我得去凡界一段时间，莲池剩余的那些莲子我瞧着似乎都熟透了，你一个人可能剥完？”

莲子？

灵九儿脑瓜子一转，想起同飞花的交易，心叹真是天助我也，于是点头如捣蒜一般回道：“能能能，你放心，我会好好对它们的。”

师音笑了：“你尽量剥就好，倒不至于如此小心，只是有一点需要多加注意，那些莲子你剥好后都替我装在一个布袋里，这次我不在，你不能吃它们，知道吗？”

“明白明白。”

五百万一颗，她哪里还敢吃呀。

灵九儿沉浸在靠莲子发家致富的无限遐想中，根本没注意师音所说的一段时间到底是多长一段时间，这导致三日后她从织梦嘴里得知师师要下凡三月的消息时，险些丧到失去偷莲子致富的动力。

师音对完那堆账本后，在着手去凡尘的前一刻将织梦唤来，交代道："织梦啊，你在莲池的亭子里帮我放一张躺椅可好？这次我想留下一个分身。"

织梦满脸疑问："帝尊是想将分身躺在椅子上？那分身又不能动弹，有何用处？"

"嗯……"师音竟奇迹般地红了脸，"前几日得知，小九姑娘一日不见我，似乎有那么一点不开心，所以……"

"好了。"织梦打断道，"我懂了，这就去办。"

自从上回被这位帝尊那么一吓，织梦如今办事效率极高，也不再过多纠结于帝尊的感情问题，就连兮姻那老头隔三岔五地来缠着她问最新进展，她都只是随口敷衍："热炕你也捂不熟生鸡蛋呀，我家帝尊喜欢小火慢炖，再等等，再等等啊。"

织梦虽嘴上不说，心里却在暗自叫苦，你兮姻是中天庭的官，帝尊怎么也管不到你头上，你是催完闹完拍拍屁股走了，我还要遭受职业生涯随时会被打压的风险，这怎么看都是帝尊说得对，不能跟着你胡闹。

莲池那边很快便来了两个身强力壮的男神官，抬着一张通体金铜色的老藤椅，往亭子里一放，还有个小宫娥跟在后面，放上软垫。

一切收拾妥当后，三人又匆匆走了。

不多时，师音独自走过来，立在藤椅旁思量了片刻才顺着躺下去，寻个舒服的姿势躺上片刻，他又起身，换了个手肘撑着头的侧躺姿势。没一会儿，他又觉得不妥，这姿势不符合自身的优雅气质，于是他又起身，如此反复无数次后，最终还是决定双手拢袖，平躺于藤椅上。

他抽身出来，立在一旁瞧着椅子上闭着眼，嘴角略微弯起的那具分身，颇为满意地点点头。果然还是简简单单才最符合他这清冷淡然的性子。

灵九儿此时正在织梦的殿中整理书籍，只因师音担心她若在莲池，自己下凡要办的事情不好遮掩，于是便命织梦一早就寻了个理由将她骗过去了。

于是等灵九儿赚完外快回来，能见到的只有凉亭里那具不会动弹亦不会与人交流的身体了。

织梦也跟着过来看看，顺便同她解释道："这就是具分身，真人早下凡界去了。"

灵九儿蹲在一旁，把躺着的人从头到尾细看了一遍，问道："我见《六界录》上说，天上一日，地上一年，师师去凡界，为何要去这么长时间呢？"

"呃……"织梦搪塞道，"赐福，去人间送温暖嘛。"

"好吧。"灵九儿虽不解，但也没再多问了。

织梦顺带着把四周都检查了一遍，还探了探莲池的结界，确认完好后留下灵九儿在这里照看，自己先回去了。

第二日，灵九儿开始下莲池去割莲蓬，她施灵力招来一大片荷叶，盘腿坐了上去，飘在池中逐个将那些熟透的莲蓬摘了下来。摘到池中央的位置时，她突然发现莲池正中心的水下竟隐隐约约散发着一团白光，上回一直是由师师下水割莲蓬，她竟没发现这处异常。

灵九儿朝那团白光靠过去，池水清澈见底，离得近了，才看清那不是什么白光，而是一朵漂浮在水下的白莲花，无根无叶，四周源源不断有灵气涌向它。

灵九儿没忍住好奇，伸手探了过去。只是还不等她碰到那朵白莲，原本一直游在莲池另一边的彩灯突然躁动起来，将池中的水激起无数波浪，吓得灵九儿缩回手，整个人随着身下的荷叶往后荡出去好远，直到撞到池边才勉强稳了下来。

身旁原本码放整齐的莲蓬全都掉到了水里，灵九儿气道："彩灯！你干吗呢？"

彩灯迅速游过来，浮在那朵白莲的上方绕圈圈，一副不让任何人靠近的模样。灵九儿观察了片刻，示弱道："好好好，我不碰它行了吧。"

她将那些散落水中的莲蓬捞上来，绕开那朵白莲上岸了。

成熟的莲蓬壳干瘪得很，包裹在瓤里的莲子却颗颗饱满，通身呈黑紫色，还晕着一层淡淡的紫色流光。自从在飞花那儿得知这莲子的卖价，灵九儿如今看着这些小莲子都觉得它们无比高贵可爱。

想来那帝尊也该是个大方的人，如此昂贵的东西，不用来卖钱，竟都送出去了。既然这样，那她偷拿几颗，应该无伤大雅吧。

灵九儿在做心理建设，反正师师说了，这些莲子帝尊迟早会分给座下神官们，自己也是虚吾大殿的人啊，虽是个打杂的，可也是个神官，今日她顺走几颗，就当是提前预支了嘛。

如此一想，心中舒坦多了。

灵九儿一边剥，一边揣了三颗进兜里。同在兜里的勺儿莫名被三颗小东西给砸醒了，它晕乎乎地问：“这是什么东西？”

“自然是好东西喽。”灵九儿摇头晃脑的，十分高兴。

勺儿清醒了几分，它散出灵识探了探，惊道：“莲子？好强的灵力，你快吃一颗。”

“不行不行，”灵九儿摇头，“师师说了，不让我吃。”

说着，她又扔了三颗进兜里。

这回莲子正好砸在勺儿的圆头上，将它彻底砸晕了过去，没动静了。

灵九儿今日割的莲蓬，剥出了半袋莲子，她将袋子扎好口，放置在躺椅旁，末了，拍拍衣裙，蹲下身子，一双眼睛锁在躺椅上那张白净的面容上。她端详着师音的五官，心叹这世间竟有如此温雅之人，光是看着眉目便觉得心里舒坦，还欢喜。

这漫长的一生何其幸运能遇见这样一个人，若能与之相伴，更是难得，只是她不知师师是何想法，她这小脑袋也猜不透，自己明明将心中所想都说出来了，可师师总没个回响，难不成仙家谈恋爱，就是这般淡泊如水，每日见见面、聊聊天？

嗯，姑且就先这样吧。

灵九儿起身，掏出一块小方巾去莲池里沾了点水，又回到躺椅旁，用方巾在那张白净面容上轻轻擦拭。

擦着擦着，她竟注意到与那张面孔格格不入的两道眼角细纹。似乎是不太相信自己的眼睛，灵九儿又凑近了几分，那两条如头发丝一般从眼尾延展开的纹路，它就是皱纹呀！

可怜我们师师，看来在莲池打杂当值，也不是份轻松差事。

灵九儿蹲了半天，有些脚麻，索性一屁股坐在地上，手肘撑着下巴惆怅了好一会儿。随后不知怎么的，脑中突然想起莲池底下的淤泥，质地柔滑，细腻黏合，出水后或许能吸收面部油脂，若是涂抹于面部，干涸后或许还能收缩紧致肌肤。

完美。

这么一想，灵九儿迅速行动了起来。她起身走到莲池边，趴在地上观察了一下水下的情况，只是奈何手短，挖不到泥。她顺手将勺儿掏出来，唤道："小答应，快醒醒，帮我个忙。"

勺儿毫无反应。

灵九儿反手就往地上一顿猛敲，终于把它给敲醒了。她接着说道："小答应，帮我个忙吧，你能不能变大一点，大概……变到同我手臂一样长？"

"你再敲我一下试试，"勺儿咬牙回道，"信不信我发三分力，将这破池子砸个粉碎！"

"哎呀，我错了，下回不这样了，你帮帮我嘛。"

灵九儿立马作出一副可怜兮兮的模样，到底勺儿修的是个男儿身，受不住牙口一松，反问道："你该不会是想拿我去挖泥吧？"

"我还没说你就知道了，当真是个与我心有灵犀的好勺儿呢。"

"我可是个上品灵器，你拿我挖泥，你可真能耐。想当初跟在元君身旁，也不曾……"

勺儿一边碎碎念着，一边变幻出灵九儿想要的大小，直到感知到自己那光滑洁净的圆头里挖进一团黏乎乎的东西，才闭上嘴，干呕一声道："呕，你舀这东西作甚，太恶心了。”

“你不懂。”灵九儿将勺儿平放在地上，和稀泥一样把那些淤泥搅拌成糊状，“这些泥在莲池底浸了数万年，泥质细腻非常，我瞧了黏度，也十分优质，若涂于面部……”

“好了好了。”勺儿打断，“不用同我说得这么细致，我先睡了，用好了千万要记得将我周身都洗一遍。”

说罢，不等灵九儿回应，勺儿便急忙闭了灵识，留下自己的勺身任人宰割。

灵九儿抬着勺儿放到躺椅旁，手上十分麻利地将那些泥糊抹到师音面容上，薄薄的一层，抹得十分均匀。她拍拍手起身，满意地点点头，随后去莲池将勺儿洗干净，顺手还将池中央的彩灯招过来逗了一会儿。

师音使的分身术，虽说分身如假人一般不会动弹，可这分身的身体感知却能传回到主体，于是此时在人间还是一岁婴孩的师音只觉得脸上一阵阴凉，还有些呼吸困难。

他此次下凡，投生到了一户官吏人家，这突来的状况吓得那家夫人和一群下人手忙脚乱，险些乱了套。

师音虽轮回为凡体，意识却在，他连忙在神识圈里敲织梦：“快去瞧瞧我那分身，可是出了什么状况，为何我突然呼吸不畅、面部发凉？”

织梦正在自家殿中小憩，收到消息，瞬间一个激灵爬起来，手上捏了个诀，三两步就跨到了莲池。她急忙去查看那具分身，却被入眼的景象吓了一跳：“这什么情况？”

灵九儿听到声响，回头问道："织梦神君，你怎么来了？"

织梦忙着检查那具分身，很快就发现导致师音呼吸不畅的源头，竟是鼻孔被淤泥给糊住了，这要能呼吸才神了。

见她要去动师师的脸，灵九儿抛开彩灯，跑过来阻止道："织梦神君，莫要着急呀，这个泥是给师师神官紧致肌肤才涂的，还不到时间呢，不能动。"

师师神官……唉，织梦竟突然觉得眼前这位九尊主真真是傻得可爱。

"你都把人鼻孔给糊上了，九尊主，"织梦好气又好笑道，"脸重要还是命重要啊。"

灵九儿定睛一看，当真是大意了，她只想着涂抹严实，没注意鼻孔这回事。她急忙蹲下身子，用手指将师音鼻孔外围的泥给扣开，愧疚道："对不起，织梦神君，是我大意了，师师他没事吧？"

也在同一时间，师音敲织梦道："好了好了，织梦，我没事了，是不是那分身出了什么问题？"

织梦看看他那张糊满泥浆的脸，又看看灵九儿，心中一万只疯鹤奔腾而过。她深呼吸了一口，淡定回道："你的师师没事了，折腾好了就尽快将他的脸清洗干净吧。"

说完，她转身走了，同时也给师音回了一句："分身毫发无损，九尊主正给分身做面部护理呢。"

师音一愣。

将师音的脸清理干净后，灵九儿凑近一看，那细纹当真浅了不少，她十分满意，揣着兜里的莲子便去天上人间找飞花了。

上回她来，也见到了这间酒楼，当时瞧着里面人多热闹，她还想进去看看，被师师给拦住了，说她还小不能进去。

这回师师没在，灵九儿可不管那么多，摸着自己的小荷包便跑进去了，只不过她可不是来花钱的。她目光四处扫视了一圈，在柜台后面发现飞花的身影后，抬脚就要跑过去。

“哎，这位客官，”一旁小二将她拦下，“酒水小食请在前厅落座，柜台重地严禁入内。”

“我找飞花仙子。”

飞花闻声抬头，唤道：“小九儿，快过来。”

小二见状，抽身让开，鞠躬行礼后招呼其他酒客去了。

飞花将灵九儿叫到身边，小声问：“货带来了吗？”

“在这儿呢。”灵九儿掀开自己的荷包给她看了一眼。

飞花双目一亮，惊喜道：“你带了六颗？”

“是啊，我们要如何卖出去？”

“这个不用你担心，今日我先帮你出一颗，过几日你再来。”飞花说着就从她兜里掏走一颗莲子，“剩下的你好生保管着，待功德到账了，我自会划到你账上。”

如此，灵九儿也未多想，余下的日子她大多都待在莲池，莲子剥完后，闲时就牵着彩灯出去遛弯，偶尔将小答应叫出来聊聊天，替师音擦擦脸，整理整理衣袍，时间过得还算快。

不到一月，飞花便将六颗莲子全都卖出去了。

抛开飞花分走的部分，灵九儿还分到了两千二百多万功德，再还去一千万的旧债，她竟还余下一千多万，简直就是轻松实现了自己短期致富的小目标。

灵九儿心花怒放的同时，也在盘算着如何再多挣一些钱，好同师师一起奔向财务自由的美好仙生。

她在师音身旁席地而坐，目光忍不住又瞥向那袋金贵的小莲子。

天上人间一月一次的通货日到了。没错，灵九儿实在忍不住诱惑，又偷了两颗去街上试水，这回她没有知会飞花，自己早早地跑去街边占了位置，摆了个布袋，把那两颗莲子往里面一扔，坐等有缘人。

只是这街上仙家熙熙攘攘，四周都人头攒动，偏偏就她这个小布袋子无人问津。灵九儿开始观察身旁小贩的摊位，要么都有立牌标语，要么就是在卖力吆喝商品亮点。于是，她脑子一转，也学着叫道："上好的莲子，不要九九八，只要五八八。"

这样一吆喝，立马就有闲逛的仙家看过来，并问道："五百八十八二两吗？"

"仙友好，是一颗。"

"有病吧。"

"……"

摆半天的摊下来，像这样的对话还有许多，诸如："五百八十八？"

"这位仙友，是五百八十八万，若你诚心想要，可接受小刀。"

"这么贵。"

“……”

一个身穿束腰黑服的少年从熙攘的人群里挤出来，站定在她的布袋前，问道：“这莲子是五百八十八万一颗吗？”

灵九儿闻声，抬眼望去，那少年脸上戴着一块小小的金色莲纹面具，眼睛黑而亮，目光瞧着很是纯善，最为特别的，该是他头顶悬浮的一把小小的红色手杖，只有手掌般大小，立在他头顶三寸之位，时而旋动，时而翻转跳跃，活泼得不行。

“仙友你好，”灵九儿招呼，“是五百八十八万一颗。仙友头顶的手杖可是你的灵器？好可爱啊。”

少年颇为腼腆地抬手摸了摸自己头顶的小手杖，回道：“这个……也算是武器吧。”

与此同时，在鬼界的集市中央，有一块巨大的幕布，幕布上播放的画面正是灵九儿的身影和她的摊位，而这个画面正是那把小手杖上一个如同眼睛一样的墨色玉石所传送来的。

幕布前挤满了乌泱泱的小鬼，正巧这次灵九儿去天上人间忘了幻假身，那张脸一出现在幕布上，那群小鬼纷纷沸腾了起来：

“哇，谁家的仙女姐姐，长得如此水灵。”

“她皮肤好好。少爷少爷，能否问问仙女是如何保养皮肤的？”

“如此漂亮的小仙女，不拐回鬼界当城主夫人太可惜了！”

“对对对，拐回来，拐回来……”

此时小手杖一个转身，画面转到了熙熙攘攘的街市上。

小鬼们又沸腾了：

“不看不看，不看这个，我们要看仙女姐姐。”

“是啊，这条街都看腻了，我们想看小姐姐！”

“看小仙女，看小仙女……”

灵九儿全然不知正有无数小鬼在吵着要看自己，她十分热情地将莲子从布袋里掏出来，往前递过去，道：“仙友可以看看，不买也没关系，我的莲子是上好的莲子，能值这么多钱的。”

“啊？”少年似乎没听清她的话，“抱歉，四周太吵了，你方才说了什么可否再重复一遍？”

他抬手将手杖摆正，应小鬼们的要求把黑色玉石正对着灵九儿。

同时，鬼界的巨大幕布上滑过一行字：“你们太吵了。”

群鬼——

“哇！江陵小少爷竟然在公屏说话了！”

“天哪，速速传播。”

“不得了了，少爷开金口啦！”

“大家安静，大家安静，别吵了。”

“再吵当心少爷给你禁……”

到这里，算是真正的幕布方圆一里内皆被禁言。

灵九儿重复了一遍：“我是说，仙友可以看看，不买也没关系的。这莲子是上好的莲子，能值这么多钱的。”

江陵脑子里总算清净了，他接过莲子，答道：“那我买一颗吧。”

“当真？”

见了那么多不靠谱的，终于迎来第一笔生意，灵九儿难掩喜色："仙友如此爽快，我给你打个折吧。"

"也好。"

最终灵九儿以九折的价格卖出了第一颗莲子，在这笔交易达成的同时，又一个身穿道袍的仙家挤上前来，他似乎在旁边观察了许久，一上来就道："九折，给我也来一颗。"

我的天，这是什么神仙运气。

灵九儿连忙掏出另一颗莲子："好说好说，仙友是功德划账还是折算通币？"

到此，两颗莲子都以高于五百万功德的价格卖出去了，灵九儿别提多高兴了，乐呵呵地收拾着布袋，准备打道回府。

只是她万万没想到，方才那个身穿道袍的仙家，竟在离开片刻后折返回来，怒发冲冠道："你这小贩，光天化日之下，竟敢行此欺诈之事！"

灵九儿满脸不解："仙友这是说的什么话，我欺诈你什么了？"

"你自己看！"

那道长从长袖里掏出一颗莲子，扔到灵九儿的布袋上："大家走过路过的都来评评理，这莲子平凡无奇，刚刚这小贩竟使障眼法，让我以为这莲子蕴含着深厚灵力，可不想我刚买了它，走出不过十余步，这莲子就现了原形，大家都看看，这么一颗普通的莲子，如何能值五百万功德，这不是欺诈是什么？"

周围瞬间聚集了一堆仙家，都抻长了脖子观望着，有个别嘴碎的，插话道：

“是啊，这莲子不就和街头二十个币一颗的一样嘛。”

“五百万，也就你傻才会买啊。”

“哟，今天通货日，灵文司三不管，出事了难搞。”

“仙子瞧着水灵灵的，怎的来此行欺诈之事呢？若是缺钱，来我宫中给你安排份好差事，吃香喝辣包你满意，哈哈哈哈哈……”

大家你一言我一语，将灵九儿砸得晕头转向的。她躬身将那颗莲子捡起来，反驳道：“我不是骗子，我的莲子是上好的莲子，本就很值钱。”

可根本没有人愿意听她说话，那道长朝她一伸手，叫道：“还我功德！”

“快把钱还了吧，瞧你小小年纪的，不该如此不讲诚信。”

“是啊，还钱息事，好在今日是通货日，换了平时，你这行为可不得被灵文司抓去监禁起来。”

灵九儿哪见过这阵仗，心想罢了罢了，权当自己倒霉，摊上这事。

她凝着眉头，气道：“退就退，你可别后悔，今后求我卖我都不卖给你了！”

说着，她便要去将刚刚收下的功德划回去。

见状，那道长眉头一挑，眸中精光闪闪。

就在灵九儿准备划账的前一秒，有声音阻止道：“等等。”

灵九儿一抬头，见是刚刚买下另一颗莲子的那个少年，心中一惊，不会如此倒霉，这个也是来退钱的？

她还愣着，那少年却从她手里接过被退回的莲子，仔细翻看片刻，出言道：“莲子的确是这位仙子方才所卖出的莲子，不过……”他略微停顿，目光直逼向道长，“这莲子前后的变化却已经天差地别了。”

那道长脸色一变：“哪里来的毛头小儿，竟敢满口胡言。”

“我有没有胡说，你该最清楚不过，”他说着便拿出自己的那颗莲子，两颗一同举高，“大家可以看一下，这两颗莲子色泽相同，都是在这位仙子手中买下的，可我这颗紫光晕绕，道长的那颗却暗淡无光，大家应该都知道有种灵器名为锁灵囊，可以瞬间吸走万物灵力，并锁入囊中长存，若我没猜错的话，这道长方才便是用了那锁灵囊将莲子蕴含的灵力全都吸光了吧？”

“你……你莫要血口喷人！”道长恼羞成怒。

小少年瞧着年纪不大，却根本没被唬住，他继续道：“这莲子本就是上等灵物，内含的深厚灵力才是它最值钱的地方，你将它的灵力全都吸走，再用一颗空莲子来要求退钱，还煽动围观仙家替自己掩饰，当真是好手段，一言一行可圈可点，简直可以成为新一代年轻仙家的‘标杆人物’呢。”

这番话里的讽刺意味任谁都能听明白，那道长被怼到哑口无言，四周围观的仙家也开始顺风倒，纷纷指责道：“不想你这老道竟如此泼皮，赶紧回家种田吧，别出来带坏年轻人。”

那道长面色涨红，眼看着自己被逼到这番田地，再难翻身，于是一挥道袍，气冲冲地跑了。

灵九儿阅历浅薄，哪里见过这种精彩场面。待四周仙流散去，她将少年拦下，连连道谢后，坚持要请他去吃街头的卤蛋与汤包。

盛情难却，江陵只好一同前去。

隔着幕布见到天界的汤包，那群小鬼个个馋得口水直流，无奈被禁了言，一个两个干瞪着眼，眼巴巴看着。

“仙友瞧着年纪不大，却有如此胆魄与口才，你不知道方才我都看傻眼了，你若再晚来一步，我恐怕就把钱给退了。”

灵九儿边走边剥卤蛋，剥好一颗之后递给了小少年，又笑道：“仙友若是不嫌弃，便收下这颗卤蛋，从此以后咱俩就是好友了。你若有事，随时叫我，我定当竭尽全力，随叫随到。”

“好啊。”少年接过卤蛋，“既是朋友，你若有事，也随时叫我，我每日都很闲，定能随叫随到。”

两人就这么闲聊着逛了一会儿，少年似乎是觉得无聊，便问：“这天上人间逛来逛去也没点新鲜劲，仙子可还知道别的什么好看好玩的地方？”

灵九儿第一个想到的便是寻梦渡，她回道：“我知道，上清天的寻梦渡，此时刚好日暮，等我们过去，那儿的千宫景一定非常好看。”

上清天？

少年回道：“那就劳烦仙子引路了。”

两人径直去到寻梦渡。

灵九儿招来一朵大号祥云，领着少年坐上去，介绍道：“你看，下面那些亮晶晶的不是别的，正是中天庭的万千宫观，景色是不是特别壮阔？”

少年低头看去，入眼风景犹如人间万里星河，他感叹道：“上清天不愧是凌驾于六界之上，连神仙都心生向往的地方。”

此时，少年头顶的那根小手杖也随着他的动作倾斜过去，将美景尽收于黑色玉石中，再转播到鬼市的幕布上。

那群见到新景色的小鬼又沸腾了，只是大家都开不了口，一个个只能瞪着眼蹦蹦跳跳。

那手杖将画面转播后，竟突然发声道：“好美好美，少爷，红红明日还想来。”

是个稚嫩的女童声，灵九儿闻声，双眼一亮，惊道：“哇，你这手杖也能说话？”

说着，她将勺儿掏出来，又道：“我也有一个会说话的灵器，是个勺子，它最爱汤食，现在可能睡着了，一会儿汤包凉了，我一叫它肯定醒。”

少年抬手将手杖拿下来，回道：“这小东西是我父亲送给我的，从我出生就跟着我，我家里父兄平日都很忙，我若是无聊了，能和它聊聊天，带着它四处走走，看看风景。”

“这样啊。”灵九儿突然想起自己漏了件大事，“对了，还没有告诉你我的名字，我叫灵九儿，目前在虚吾大殿的莲池里当值，是个打杂的神官。刚刚听手杖称你为少爷，我方便问问你是哪个宫的少爷吗？我知道去天上人间的仙家都不以真身示人，不过你我既然已经是朋友了，便不该隐瞒，我今日并未幻假身，这模样便是我的真身了。”

少年扭头看着她，自我介绍道：“我叫江陵，只是个寻常小仙，平时四海为家，并无宫殿的，红红只不过是从小叫习惯了而已，我这模样也是我的真身，我从不幻假身隐藏自己。”

“不是吧，那你脸上的面具也是打小便戴上了吗？”灵九儿追问。

江陵点点头：“嗯，一直戴着的。”

灵九儿突然意识到自己的问题似乎不太妥当，于是小脑瓜一转，引开话题："瞧你模样，应该年纪还小，我今年两万七千岁了，你呢？"

"我刚好两万岁。"

"那我长你七千岁，可能叫你作弟弟？"

"好啊，正巧我家中没有姐姐，只有三位哥哥。"

两人竟奇迹般成了姐弟。

突然多了个亲戚出来，灵九儿自然是高兴的，她略施灵力将手里的勺儿也竖立在头顶，欢喜道："弟弟你看，我学你呢。"

江陵松开手杖，那手杖自动回到他头顶。

一眼望不到边的寻梦渡，祥云之上的两道背影肩并肩坐在一起，一个头顶勺儿，一个头顶手杖，两人连歪头的频率都一模一样，这景象若叫其他仙家看了，恐怕还真会误以为是一对如假包换的亲姐弟呢。

分别之前，灵九儿将买的卤蛋都给江陵带回去了，她说："上回吃了太多，闹肚子了，害我在喜欢的神官面前丢了面子，这回可不敢再吃了。你都带走，都带走吧。"

江陵的注意力却不在卤蛋上，他问道："姐姐有喜欢的人了？"

"嗯嗯。"灵九儿重重点头，"是个脾性温和的神官，他同你一样善良，待我很好。"

江陵搂着一兜卤蛋笑看着她，没了下文。

敷面膜

第六章

是我小心待着的人

J I U G U S H U

那天之后，竟有几位仙家找到灵九儿，指明要买她的莲子，她没忍住诱惑，陆续又卖出了六颗。

她其实在剥莲子的时候就仔细数过莲子的颗数，还算过虚无大殿当值的神官数量，算出了每个神官最少能分到大概十六颗莲子，她如今拢共顺走了十四颗，还余下两颗，她打算在这个月的通货日拿去天上人间贩卖。

只是她万万没想到，偷莲生涯竟在最后两颗上惨遭滑铁卢，被破困神君当场抓包。

那日，破困在上清天各条路段的要塞上替自家夫人的小店发传单，偶遇出来消食的天书神官，天书顺便同他聊了半炷香时间。

“不知破困神君近来有没有发现一丝异常。”

破困顺手递出去一张传单，问道：“什么异常？”

"嘶……"天书一凝眉，困惑道，"近来上清天的飞升率似乎高了许多，有四五个是术法短时间内突飞猛进，莫名其妙就飞升的，还有今早中天庭刚刚报上来的，下品仙官修行期间爆体而亡的事故，我直觉有蹊跷。"

"有何蹊跷之处？"破困又顺手递出去一张传单，"小店年终大促，全场小食买一送一，欢迎光顾啊。"

这几件事，天书也暂时还没理明白，只是隐隐有些不安，于是随口问道："帝尊下凡间快两个月了，他那一池的莲子都收干净了吗？"

"你想什么呢，莲池那结界是随便一个人就能进去的吗？"

"也是……"天书沉吟片刻，"或许是我过于忧虑了。"

说话期间，破困又发出去数张传单。见天书还是蹙着眉头，他把手上那摞传单往他怀里一塞，道："拿着，帮我把这些发完，你既不放心，我便过去看一眼，好让你能睡个好觉。"

天书生性易忧虑，这点在上清天是众所周知的，破困也算为他操碎了心，嘴上话音刚落，人便消失了。

破困一个地遁，直接遁到了莲池，远远便看见那装满莲子的布袋旁蹲着个人，手正往里面掏莲子，随之揣进了自己兜里。

他胸口瞬间生出一团气，往上一压，化成了一道中气十足的声音："哪里来的小贼！"

灵九儿浑身一抖，脑袋瓜子根本来不及反应，脸已经闻声转回去了。

破困定睛一看，竟是个家贼，他朝这边走过来，声量不减，询问道："九尊主，你这是在做什么，你知不知道帝尊的莲子……"

咚！一声巨响，破困直挺挺地倒地，晕过去了。

就刚刚那千钧一发的时刻，灵九儿将勺儿扔了出去，喊了一句："小答应，帮我敲晕他！"

于是，她根本没在听破困说了什么，心里慌得有些六神无主，就这么把人给敲晕了。

"我也太倒霉了吧，破困神君偏偏来得这样巧，现在可如何是好？"灵九儿急得原地转圈圈。

小答应恢复寻常大小，浮在她肩头，道："我早就说了，你做这事不靠谱。看吧，如今东窗事发，还能怎么办，跑呗。"

"跑去哪儿啊，师师怎么办？"

"这都什么时候了，你还管他。"

灵九儿反驳："我不管他我管谁呀，我们可是要在一起一辈子的。"

"行行行，"勺儿妥协道，"那你赶紧将他扶来我身上，一起跑。"

闻言，灵九儿跑去躺椅旁，双手抱着师音的腰，抱到一半突然想起来，这只是具分身呀！是不是傻？

她随即手一松，分身重重砸了回去。

而此时在凡世已近花甲之年的师音本是躺在床上，突然之间半个身子腾空而起，险些把他那把老骨头给折腾散了。

勺儿又变大了数十倍，灵九儿纵身一跃，坐进圆头里，她边跑边敲师音的神识圈："师师，你在哪里？我闯大祸了，帝尊肯定会派人来抓我的。

"师师，我如今有钱了，还不少，省着点也够花的，不如我们跑吧？"

师音在凡尘，本不该与天界过多牵扯，但收到数条消息，他已经顾不上其他，立马回问："小九姑娘，发生什么事情了，你在哪里？"

"我在……"

师音仅收到这两个字，便与灵九儿失去了联系。他立马联络到织梦，命她去莲池一趟。

等织梦得到消息赶去莲池时，只看到躺在地上晕过去的破困。她连忙过去，在破困脸上连拍了数下，左拍不醒，右拍也不醒，最后她干脆在腰间下手，直接将他给捶醒了。

破困疼得一顿惨叫："如此残暴，还能不能和平共事了！"

"我下手不重，你能醒吗？"织梦着急道，"这到底发生什么事了，九尊主呢？"

听到"九尊主"这三个字，破困本有些晕乎的脑袋突然清醒了过来，他急忙回道："对，九尊主，九尊主她偷了帝尊的莲子，天书怀疑近日的飞升怪象和中天庭那起惨案与帝尊的莲子有关，快将九尊主带回来，查清事情始末，控制事态发展！"

糟了。

织梦心里"咯噔"一下，帝尊这次下凡，恐怕是善终不了了。

虚吾大殿的正殿内，织梦、破困、天书三人站成一条直线，都凝着眉，眼中难掩担忧。灵文一身紫服官帽，步履匆匆赶来，一进殿便朝三人问道："何事如此着急？"

天书最先开口，将事情简单叙述了一遍："九尊主似乎是偷了帝尊的莲子去贩卖，近日有好几个突然之间飞升的神官可能是借了莲子的灵力，还有中天庭那起修炼事故，恐怕也和莲子有关。如今九尊主下落不明，事情具体情况不明，很是棘手。”

灵文在殿内来回走了两步，脑中迅速运转片刻，他问道：“九尊主那边，可派人去找了？”

织梦道：“我的人已经在找了，还没消息。”

“再多派些人手去找，还有那起事故，查一下是哪个宫的仙家出事，把事故头尾查清楚。”

天书本是低头闭着眼，闻言，他抬眼回道：“我正在查。”

灵文点点头以作回应，他面容严肃，又沉思了片刻，沉声道：“飞升的神官赶紧去查，具体飞升了几个，还有都分到了谁的殿中，查清楚，将人全部控制起来。在没查清楚状况之前，此事绝不能脱出我们虚吾大殿的管辖范围。”

“拢共飞升了五个，”天书回道，“都在我们这边，破困神君殿中三个，织梦手下两个。”

破困闻言，抬脚便要走。

灵文拦道：“你要去哪儿？”

“不是说要控制吗？我去将那三个小兔崽子找出来，捆来此处！”

织梦暗自扶额，气道：“你平白无故绑人家作甚？是怕事情闹不大，还是你闲得发慌？”

破困蒙了：“那怎么办？”

织梦寻思片刻，回：“暂且先把人找出来，派去书阁抄书，划道结界困上一段时间。”

“那也行。”破困道。

灵文左右踱了两步，冷静道：“帝尊那边先稳一下，他在凡间正是关键时候，不能半途而废，若事态到了控制不住的地步，再说也不迟。”

“我没同他说，”织梦隐隐不安，“但我感觉他似乎多少知道了些。”

“帝尊若执意要回来，谁也拦不住，终究九尊主在他那里分量不同于别人，我们只能先帮他把能挡的挡下，其余的便看各自劫数吧。”

这边灵文的话音刚落，一旁的天书突然睁开眼睛，急道：“糟了，中天庭爆体而亡的那位小仙官是白洛神君的小外孙，若他的死当真与帝尊的莲子有关，就凭白洛神君是前帝尊手下大将的身份，此事必定闹到三元大殿！”

织梦只觉得一阵天旋地转，她无力道：“完了，光凭我们几个，如何挡得住白洛神君？”

其余三人面上亦是担忧，在大殿站了整整一夜，没合过片刻眼。

第二日，众人还是没能找到灵九儿，事情毫无进展，只是将飞升的五个小神官暂时困在了书阁。

织梦四人站在大殿里一筹莫展。天书揉揉双眼，道：“三元殿那边暂时没什么大动静，只是昨夜殿外突然多了一队护卫，不知是做何用的。”

“再等一炷香，”灵文踱步道，“若还是找不到九尊主的踪迹，便将事情原委上报帝尊。”

灵文此话刚落尾音，殿外就传来一道如清泉般的声音：“诸君辛苦了。”

师音到底还是回来了。

四人愣怔片刻，一同朝门口躬身行礼道：“帝尊。”

“把事情简单同我说一遍吧。”师音在四人面前站定，“说完便各自回殿中休息，一夜未眠，把我们织梦的面容都熬憔悴了，多不划算。”

织梦懒得应付，这都什么时候了，还开玩笑。

这边天书把情况大体跟师音说了一遍，末了，灵文出声补充道：“帝尊万要小心，三元大殿那边越是平静，情况便越糟糕，九尊主迟迟不露踪迹，以她的修为，根本藏不了这么久，恐怕是白洛神君那边先抓到了苗头，顺藤摸瓜摸到了九尊主身上。从飞升的那五个神官嘴里可以得知，他们的确是从九尊主手里买的莲子，这已是事实，根本无法推脱了。”

“好，我知道了，你们都先回去休息吧。”

师音移步到案桌边坐下。

殿上四人却闻声不动，就这么僵持了一小会儿，殿外突然急匆匆跑来一个神官，通报道：“禀帝尊，降生大帝请您到三元殿，有事要议。”

殿上四人面色一紧，心中那丝隐隐的不安终于落实了，该来的还是来了。

昨日晚间，灵九儿刚刚跑出上清天的地界，便被一个老头儿连人带勺给捆了，小答应使出全身力气都没把绳子挣脱，张口气道：“这破老头儿，竟用了我唯一不会解的裹灵结！”

于是一人一勺就这样被捆走了，那老头儿将他们扔到一间小黑屋里，一走便是三个时辰，待天边都微微泛白了，才回来问了灵九儿一个问题：

“玉清帝尊的莲子是不是你卖给我孙儿的？”

灵九儿学着勺儿的口气，也凶道：“你个破老头儿，我不认识你孙子，我又没偷你家莲子，你抓我干吗？”

老头胡须花白，面容萧肃，双手背在身后一言不发。灵九儿突然有几分心虚，她想起师师曾经同她说过，要尊老爱幼，不该骂老人家的。于是，她软下口气，商量道：“老爷爷，有什么事咱们坐下来好好说可好，动什么手呀，你这样捆着我，我全身不舒服，心情也不好，你这问点什么，我也答不上来，这不就是在浪费你我的时间嘛，对不对？”

老头儿冷哼一声道：“你就算什么都不说，我也证据确凿，待会儿到三元大殿对薄公堂，看你这张嘴还能不能同现在这般伶牙俐齿。”

勺儿动动身子，插话道：“哎呀，白洛小儿，多大点事儿，至于闹到大帝面前吗？我可是太上元君的贴身灵器，若论辈分，好巧不巧的高你一辈，你快快将我放了。”

老头又冷哼一声道：“太上元君他老人家都仙逝数千年了，你搬出他也压不了我，你如今同这小神官胡作非为，能清白到哪儿去？”

“总比你清白！”勺儿气道。

大约一炷香后，灵九儿被带到一座鎏金大殿上。

一进殿里，她身上的绳子便自己解开了，与此同时，她周身也被罩上一圈结界，能动的范围仅有方寸之地。

她跪在殿中，悄悄朝正前方的主位看了一眼，却只看见一双白龙纹尖头鞋和同为白色的层层衣摆。

在这大殿上，小答应也不敢造次了，恢复正常大小，钻到了灵九儿兜里。

白洛那老头儿站在一旁，双手在身前相叠，躬身拜道：“大帝，这便是我通报中所说的贩卖玉清帝尊莲子，导致我孙儿误食后灵力相冲而死的凶手。”

什么，凶手？

这年头还真是各有一张嘴，胡编乱造张口就来，她最多压死过几株牡丹，何时害死过大活人啊？

灵九儿压低头，深深一拜道：“帝尊，小人冤枉呀，这位老人家的孙儿，我从未见过，何来的买卖一说？”

“我孙儿虽不是亲自从你手中买的莲子，但你贩卖玉清帝尊莲子一事，证据确凿。”白洛将目光转向主位，“大帝，我手里有证人，已经在提来当堂对质的路上了。”

灵九儿低下声量，回道：“可我卖的也不是你家的莲子，要赔罪也该去和那位玉清帝尊亲自赔罪，怎能将你亲人之死如此冒然地摁在我头上？”

“他就是吃了你的莲子，自身修为太浅根本无法接纳如此巨大的灵力，才爆体而亡的！”白洛气血一冲，双手微微发抖。

见状，灵九儿也不敢说话太重，怕老人家情绪太激动，她只好弱弱道：“那不能够。莲池里那些莲子，新鲜的时候我就吃过不下十颗，什么事都没有，你若不信，你探探我的修为，四舍五入都可以算做是毫无修为了。”

白洛朝灵九儿走了两步，气道：“你巧舌如簧，胡搅蛮缠，凭你这点修为能容下一颗莲子的灵力都是天方夜谭，你竟信口雌黄，张口便说十颗，这不是胡说是什么？”

“我没有胡说……”

“好了好了。”主位上那位终于开口了，他打断灵九儿的话，安抚道，“白洛神君，我知道你一向疼爱自家孙儿，如今发生这种事我也感到很悲痛，但你这把年纪，也不该情绪过于大起大落。事情究竟是怎么一回事，有我做主给你去查，你且先放宽心，等你那证人到了，再审也不迟。”

闻言，白洛只好缓了缓情绪，退开两步站立。

师青说罢，将目光转向殿中跪着的身影，问道：“你就是虚吾大殿那位新晋的美人骨一族尊主，灵九儿？”

灵九儿硬着头皮回道：“回帝尊，是我。”

“虚吾大殿的莲子是莲中极品，从未公开售卖过，你为何要将它们拿去随意买卖？”师青又问。

“这个……”灵九儿略顿了一下，“因为穷。”

师青眉头一蹙，他怎么就这么不信呢，自家这个好弟弟有多能赚钱，他多少还是知道一些的，如何能让自家姑娘穷到偷自家东西去卖钱呢？

想不通想不通，想不通的事情就先不去想。师青换了个问题，问道：“那些莲子内蕴含着深厚灵力，这点你在卖之前可知晓？”

灵九儿小声答：“就隐隐约约知道一点点，因为这莲子虽贵得离谱，可还是有仙家愿意掏钱买，但我方才真的没有胡说，我的的确确是吃过十几颗莲子，你们若不信，我兜里还有两颗，我现在就吃给你们看。”

她说着就直起腰，从兜里掏出一颗周身绕着紫光的莲子，就在要入口的前一刻，突然一阵微风刮过，丝丝清流般的灵力将那颗即将要被吃掉的莲子一卷而起。

从大殿外跨步而来的身影，一袭水墨色长衫随着腰身倾泻而下，束腰的白莲玉带高洁而雅贵。灵九儿未感知到身后来人，目光紧追着那颗腾飞的莲子，直到眼角余光扫到身旁那袭墨衫，才双眼一亮，扭头看过去。

破口而出的“师师”两字被一声平缓却又不失力量的“兄长”给完全覆盖了。师音立在她身旁，拱手相拜的方向，正是主位上那位大帝尊。

“师师……”灵九儿喃喃，“你唤谁作兄长？”

师青抬了抬手，应道：“玉清，你来了。”

在来的路上，师音便知道自己瞒不住了，他立身于大殿，感受着身侧那道直接仰视的目光，却不与她对视。他将那颗莲子召到手里，轻声道：“这莲子你不能吃。”

“我为何不能吃？”灵九儿仰着脸，神情十分认真，“我明明吃过这个莲子，还是你给我剥的你忘了吗？为何我就没事？”

她连连发问，似乎难以置信这么小小一颗莲子，她曾经明明将它当作零食来吃的莲子，竟能害人性命。

师音当着她的面，施出术法将手中那颗莲子的灵力全部吸为己有，随后缓缓解释：“这道理就和功力不够却要硬扛高招一样，修为不到点，违背规则强行吸收自身无法承受的灵力，总是要出事的。我给你吃的莲子，是已经被吸光灵力的寻常莲子，吃了自然不会有事。”

到此，灵九儿绷不住了。想到方才老头儿说的爆体而亡，她脑中画面感十足，于是低下头，鼻子一抽，带着哭腔说：“偷莲子是我不对，挣的钱我都可以不要，可是我从未想过要害人！”

师音瞧着她的发顶，神情松动。只是不等他再开口，殿外有神官通报道：“禀大帝，白洛神君提来的证人到了。”

“带进来。”师青道。

那证人一进殿，灵九儿便认出来了，是个年岁颇大的仙家，当时来买莲子，缠着她砍价砍了得有半炷香。

在白洛的几番询问下，那仙家瞅瞅灵九儿，指认道：“我……我就是从这位仙子手中买下的莲子。”

白洛老头继而将话头转到灵九儿身上，问道：“你还有何话可说？”

“贩卖莲子一事，我无话可说，”灵九儿红着眼道，“可你们若要逼着我认那杀人之罪，我绝不会认。”

“你虽没有沾手此事，可你贩卖莲子就已经是罪孽之源头，你竟还狡辩不认。”白洛直接开口定罪。

师音在一旁及时插话：“白洛神君说此话，似乎还为时尚早。我想再问问这位仙家，你花重金买下的莲子为何会落到神君的小孙儿手里？”

“这个……”仙家支支吾吾，“不知他从何得知我手里有这颗莲子，带来一帮人硬抢过去的。”

“那你当时可有提醒过他，以他的修为，不该去吃那颗莲子？”

仙家说：“我……我……帝尊饶命，小仙知错了。”

“想来是怀恨在心，根本不想提醒他吧。”师音又朝白洛道，“不知神君先前可有了解到自家孙儿的行径，不管怎么说他也是个修行之人，服用与自身功力相差甚远，且灵力深厚的莲子会有何种后果他应当明白，此事若要摆上台面来论罪，谁都要担上三分责，拿小九姑娘一人来扛罪，并非公正之举。”

白洛冷哼一声，道：“听帝尊这意思，我孙儿一条命没了，是自作自受？”

“白洛神君，”师青出言解释，“你这就未免过于断章取义了，听了这么久，我大概也了解了始末。玉清只不过是在说论错的话，这偷莲贩卖的有错，被抢了莲子怀恨在心不肯提醒的也有错，你家孙儿急于冒进，不顾修行规则也有错罢了。”

师音将目光落在灵九儿身上，加以补充道：“小九姑娘生性纯真，绝不可能生出害人之心，而这被抢去莲子的仙家也不算大恶之人，但莲子却是出自虚吾大殿，贩卖之人更是殿中当值神官，归咎原因，还是我管束不力，酿成大祸才是罪孽之源头。”

他说着便朝主位再鞠一躬，淡淡道：“兄长，若今日白洛神君非要一个交代，便由我去受三日雷刑地火来给他交代吧。”

闻言，灵九儿喉咙一哽，仰头看着他：“这怎么就变成是你的错了？”

“我命你在莲池当值，确实未曾管束过你。”师音终于和她对视上，“这就是错，既然错了，不光要知错，还要认错认罚，你可明白？”

那双眼睛里柔光流转，还是她所熟悉的模样，灵九儿此时早将面前这人到底是自己认识的师师，还是那未曾见过一面，神秘非常的帝尊这事给忘了，她只知道今日莲子这件事怎么错，也不该是他的错。

“罚我吧。”她匍匐在地，朝主位上连拜道，“大帝尊，这不关师师的事，罚我去受雷刑地火，这都是我的错，我不该心生贪念……”

“大帝，此事罪在我。”

殿外一句清亮的女音响起，将灵九儿的话完全打断。殿内众人目光循声而去，只见一道水绿色的身影匍匐跪在殿外。

师青定睛一看，扶额道：“怎么，你也掺和进来了？”

灵九儿泪眼婆娑，实在看不清楚那人是谁，直到人都从殿外起身，径直走进大殿里来，她才认出来人，惊道：“飞花仙子，你怎么也来了？”

飞花在中天庭听到消息，心中也是一阵惶恐，方才偷偷摸摸在殿外偷听了半晌，实在昧不下良心让人小姑娘独自在殿中接受拷问，于是心中一横，膝盖一软，跪了。

飞花进殿后跪在灵九儿身侧，朝主位上交代道：“大帝，偷莲子贩卖一事，是我先同小九儿提议的，我一共同她卖出去六颗莲子，赃款三七分了，此事若论罪，也该有我一份。我想着寻来些熟客，他们用莲子的灵力只是养育灵器灵兽，不曾想小九儿年少不懂事，竟自己私下又行贩卖之事，才叫此事如此复杂，还望大帝开恩。”

其实殿上这四人搅在一件事里，最头疼的该是师青。说来白洛神君算是上清天的老臣了，虽然他们三兄弟上任后，白洛没再担任什么重要官职，可到底辈分论下来，也比师青高些，他的孙儿出事，于情于理，自己这个大帝尊都是要给人家一个满意交代的。

可偏偏偷卖莲子的，是灵九儿，美人骨一族最后的遗孤。两万多年前那场大战，美人骨虽一族皆为女辈，可前线上却时时能见她们的身影，人家倾尽全族来保天界安宁，不论那份战功，光是中天庭开朝天后的面子，他也是要给的。再者，当初为了保下这丝血脉，天界也是花下大力气的，如今孩子长得水灵灵的，还是自家弟弟的倾慕对象，总该宠着不是。

最后扯进来的飞花，更别提了，自家二弟捧在手心里的人儿，他如何罚？

这绕来绕去都是一家人，真真头疼。

师青思虑了许久，最终开口："好了，飞花你怎么说也是中天庭的仙家，我不便处罚，此事我会传公书给天帝，他自会看着办。九姑娘这里，其罪在不该偷贩莲子，挑起了这件事的最先苗头，罚……就罚二百鞭刑吧，末了自己去天监领罚。还有玉清，出事时你并未在天界，虽对座下神官缺了管束，可也不至于到受雷刑的地步，此事就到此为止。白洛神君，你觉得如何？"

"大帝……"白洛声色颤抖，那副苍老憔悴的模样任谁看了都会心生同情，"那可是我小孙儿的一条命啊！"

他颤颤巍巍地上前两步，继续道："我侍奉两朝之尊，半生心血交于大殿内务，如今老来却要受这白发人送黑发人的苦，大帝觉得两百鞭刑，如何能安身死之人的心？"

这话句句都扎在师青的心上，他这罚的是有那么一丢丢护短的嫌疑，可两百鞭刑也不少了呀，再多他也下不去嘴了。

"这……"师青不得已开口圆道，"据我所知，白洛神君似乎还留了你那孙儿一丝灵识在手。不如这样吧，我寻个灵气充裕的地点给你，再叫玉清将他殿中那盏塑魂灯赠予你，将你孙儿那残余的灵识放进灯盏中，等不了几万年，他也就能重获新生了，你看如何？”

白洛似乎对师青知道这件事有几分惊讶，虽然塑魂灯乃上古神器，当属无价之宝，可他依旧咬口不放，道：“大帝，你看看我这副老骨头，还能在世几时都是个未知数，就算有那塑魂灯，我还不一定能活到再见我孙儿一面的时候呀。”

这老头当真是难对付，都让步到此了，还步步紧逼。

师青正愁苦时，殿中师音开口道：“兄长，就罚我三日雷刑地火吧，如此也好叫白洛神君心中舒坦一些。”

闻言，白洛不屑道：“帝尊如此修为，三日雷刑不过皮上挠痒，今日这事，当叫那九姑娘去受雷刑……”

“白洛神君！”师音倏地厉口打断，“你孙儿是何品行你该当清楚，我池中的莲子不是只流出了一颗，他能有此下场说难听了就是咎由自取，拿出塑魂灯已然是给了你七分薄面，你还想如何？”

师音说着紧逼白洛两步，继续道：“小九姑娘修为浅薄，雷刑之苦她如何能承受得住？到底她还是一族尊主，是我亲自带回虚吾大殿，小心待着的人，将来也是要入我殿中的。神君如此相逼，难不成是我这个帝尊何时惹你不快了？”

师音连句发问，将白洛逼得脸色极其难看。白洛可从未想到，那模样灵秀的小神官，竟会和帝尊有这番关系，于是脚下一个不稳，连退了两步，沉默片刻后，拱手道：“帝尊言重了，老臣不敢。”

至此，白洛也没什么可说的了，算是默认了师音最后给出的条件，了结了此事。

那日，飞花在殿内，心中直呼过瘾，她可从未见过那位小帝尊如此狠厉的模样，平日里总见他一副笑眯眯的模样，时不时说出的话却总能将她气个半死，心中自然好奇他生起气来是何种姿态。

只是那日她也平白被塞了满口瓜，那小九儿看着好骗，没曾想竟是小帝尊心中的人，简直是太过瘾了。女人的直觉准到可怕，她第一眼见到这姑娘的时候，就直觉不一般，果然最后等来了一口好瓜。

百花宫的一处小院里，瓷白的圆桌上摆着一壶酒、两盏小杯。见灵九儿趴在桌上软绵绵的样子，飞花戳戳她，道："喂，小九儿，那日你可听到，玉清帝尊说你将来要入他殿中？"

灵九儿软绵绵回："嗯，听到了。"

"还说你是他小心待着的人，将来还要迎你入殿，这是在暗戳戳地说要娶你呀，你就没想点其他的？"

"自那日一别，我就未再见过他，我能想什么？"灵九儿依旧软绵绵的，"他一直骗我，说他只是莲池一个打杂的神官，直至我知晓他的身份，他也不给句解释。谁知道他是不是当时情急之下胡乱说的。"

飞花一脸八卦，凑近说道："不是，你品，你细品，'小心待着，入我殿中'这八字，可不就是要娶你进虚吾大殿啊。"

"不品不品，"灵九儿莫名烦躁，"没力气品，他磨磨叽叽的，我早前就同他明示过我的心意，兮姻一直从中撮合我和帝尊，不曾想他竟就是那位帝尊，若他心悦我，同我表明身份，便能够名正言顺在一起，可他没说，肯定是对我无意，我又何必自作多情，猜来猜去，累不累。”

说罢，她抬起桌上的酒一饮而尽，一张小脸红扑扑的。

听到这里，飞花也有些迷惑了，都说女人心海底针，这男人心，莫不是湖底针，一样难猜。

飞花招来宫娥，再上了一壶酒，外加一盘花生米。

灵九儿转而问道：“对了，莲子那件事，天帝有没有罚你？”

“罚了啊，”飞花轻描淡写道，“罚了两月俸禄。”

“那应该不少钱吧。”

飞花手里剥着花生壳，嘴里嚼得脆响，回道：“哎呀，如今谁还靠那点俸禄吃饭，我那酒楼你去过吧，也不过就是我一日的营业额罢了。”

灵九儿心中小小惊了一下，不想酒楼竟如此赚钱。她暗自想，自己如今是不是也该去天上人间找点营生了，莲池那活眼看着就要黄了。

见她不说话，飞花又问道：“你呢？那鞭刑怎么个鞭法？”

“一日一鞭，半年多也就领完了。”灵九儿回。

飞花哈哈一笑，道：“可以啊，以前就听闻大帝尊护短，不曾想竟如此护短，要叫白洛那老头知道你两百鞭是一日一日打的，不得气个半死。”

就这两三句话的时间，灵九儿又下肚一杯酒。

伙着飞花如此颓了三日，灵九儿终于体验到了什么叫飞一般的感觉，她脚踩在地上，整个人都飘乎乎的，如同悠在祥云之上。

这日，飞花起身去酒窖拿好酒，灵九儿趴在圆桌上，突发灵思，想去天上人间再开一家汤包店，于是晃晃悠悠起身，探了探师音的心境，稀里糊涂就念道："一二三，四五六……七八九！"

这一念完，人"唰"的一声响，原地消失了。

一个时辰前，师音将最后一道雷刑受完，衣物破碎不堪地从天监出来。候在门口的灵文快步上前搀扶，微微忧心道："天监这帮小儿，也不看看来的是谁，竟下手如此重。"

"无妨，阵又不是他们所设，谁来都一样。"

师音面色苍白，竟无力到半个身子都倚在灵文身上。

见了三次自家帝尊这副模样，灵文心中难压愤意："帝尊在凡尘损身折寿，本就仙身受损，这雷刑打在身上，地火灼于心间，就算是铜身也难挡如此凶刑，又何况……"

"好了，灵文。"师音打断道，"你素来沉稳，就是因为这点，我才叫你过来，比起织梦和破困，你遇事该更稳重才是，不要这样一惊一乍的，叫人见了不好。"

灵文担心的点和师青担忧的一样，所以那天在大殿，师青一直不愿让自家弟弟受罚。这些师音如何能不明白，可是若他不这样做，那好歹是条人命，就算以后能救回来，也抹灭不了莲子害人性命的事实，他总不能让小九姑娘来担此后果。

灵文将师音送回殿中，顺便取了些清酒，嘱咐道："喝点酒吧，那地火烧心，此酒是千年苦菊所泡，正好下火。"

师音一向不喜酒，这回却听话地饮了三杯。

见他稍微恢复了些力气，灵文也放心了不少，他走前还不忘提醒：“若还觉得燥热，帝尊便去寒池泡一夜，恢复得快些。”

“好。”师音应允。

虚吾大殿有世间独有，且最为极品的天然寒泉，不论内伤外伤，统统有疗愈之效。师音设下一套阵法将那池子圈起来，只有他能进去。

那日，师音喝下三杯酒，整个人竟也飘忽了起来。他本就是个极其怕麻烦的人，所以那套阵法的制作原理和天上人间一样，通阵口令也相差无几。

正巧就是“一二三、四五六、七八九”，还正巧的是，两人都饮了酒，心境状态根本不需要模仿，简直是一模一样的飘忽。

第七章

带你载梦压星河

J I U G U S H U

灵九儿就这样误打误撞地闯入了师音的寒池地界，那里空旷无比，地下铺满了如钱袋子一样的物件，可与一般钱袋不同的是，这里的袋子周身通透，散发着悠黄暖光，一条仅够一人通行的羊肠小道劈开绵绵不绝的袋子，连接着一池清泉。

灵九儿闯进来时，师音已经泡了有小半个时辰了。她踉跄着顺着小路往里走，看见这些满地的小袋子，她晕乎乎的，还以为自己掉进了中天庭的千灯景中，因为在她眼里，这些发光的小东西和那里的风景一样美。

再往前走，能模糊看见一个圆池，那池中雾气蒸腾。在缭绕的水雾中，灵九儿隐隐约约看到一个背影，乌泱泱的黑发铺满了背，裸露的两边肩头骨骼分明，皮肤莹白如玉。

“美人……汤。”灵九儿喃喃着，继续朝前走。

那些蒸腾的雾气让寒池看起来像是一碗巨型汤，灵九儿脑中乱七八糟的，基本上算是丧失了思考能力。她一步步走近，师音却全然没有发觉。

这寒池本身已经被阵法圈了起来，几千年来都只有师音一人进出，所以他入了阵皆会关闭五识，直到身后传来软软一句："谁家的仙女姐姐，这四周空旷如此，竟也敢泡澡，不怕让人偷看吗？比如我……"

说完，她咯咯一笑，低头便要去喝池里的寒泉。

师音闻声回头，看清来人，来人却根本没有给他反应的时间，他见状一个闪身过去，裸露着半个肩头，将手背抬出水面，迎了上去。

灵九儿猝不及防，头顶响起一道很是温润好听的声音："这是寒泉，没有灵力护体，小心它将你的嘴冻上。"

"呃？"听到的是男声，灵九儿疑惑抬眼，"不是仙女姐姐……"

那张熟悉的柔善面孔藏在浓浓的水雾间，一点点、一点点映入灵九儿的眼眸之中，她略惊道："咦，师师？"

说着，她呆愣一秒，随即两手撑在池边身子一挺，红润润的小嘴二话不说就朝师音靠过去。

师音反应很快，顺手摁住她的肩膀，将人给摁了回去："你喝酒了？"

灵九儿傻乎乎地咧嘴一笑，用两个指头比画了很短很短的距离，回道："喝了一点点。"

"你想……"师音顿了顿，"亲我？"

灵九儿将头摇得如同拨浪鼓一般："不不不，我要吸点灵气护体，泡美人汤……"

她说得颠三倒四的，师音难得皱眉，问道："灵气是这样吸的？"

“小答应不就是从元君嘴里吸的灵气，才得以修成灵器吗？”

“那美人汤，你又是从何处听来的？”

“飞花仙子的话本子里瞧见的。”

师音觉得有几分头大，他用力将她摁回池边，说道：“起身。”

灵九儿晃悠悠地照做了。

师音再道：“转过去。”

灵九儿再晃悠悠地照做了。

师音还道：“别动。”

她这回不听了，呆站片刻，又咯咯笑着回头，瞧着师音刚起身又急忙回到水里的模样，笑弯了眼。

师音没办法，在她身上施了定身咒，这才顺利出浴。他饮的酒后劲不大，泡了这么一会儿，脑中已经很清醒了。

反之，灵九儿的酒，后劲大得出奇。师音前一刻才解开她的定身咒，下一刻她竟整个人往后直挺挺地倒去，眼看着人就要掉入寒池，师音迅速捏诀，将泉水上蒸腾的雾气凝聚成一团棉絮般柔软的祥云。他连里衫的衣带都来不及系上，便抽身去将人拦腰抱住，随即一个翻转，背部朝下砸在祥云上，她整个人伏在他身上，小脑袋晕乎乎地砸在他胸口。

“我……我要飞。”灵九儿喃喃着。

她口中喷洒出的热气如蝶羽一般在师音胸口间轻扫而过，师音下意识地一颤，恍惚不过片刻，他搂着她便要挺身而起：“小九姑娘，你先起身，我们一会儿再飞。”

“不行。”灵九儿双手撑在他胸口，猛一用力，将身下的人又给推了回去，“你躺着，我要好好瞧瞧，那雷刑……打你哪儿了。”

两人四目相对，时间仿佛凝滞了片刻。师音面上渐渐现出红晕，如女儿家抹了脂粉一般，白里透红，粉嫩非常。

“脸上？”灵九儿伸出一个指头点在师音鼻尖上，又摇摇头自问自答，“不是。”

她的指尖一路往下，微微薄凉的触感扫过师音的唇尖、下巴与脖颈，缓缓停留在他胸口上：“是这里吗？”

灵九儿眼眸一抬，对上师音蒙眬的视线，静静等待答复。

师音呆愣片刻后，压抑着音色，淡淡回道：“不是。”

闻言，灵九儿重新将视线落在师音身体上，隔着一层灰暗的细纱里衣，她找得极其认真，最终在师音左胸处看到了一块巴掌大的伤痕，犹如灼烧后的焦炭一般，紧紧贴在他心口之处。

灵九儿的手就停在那块伤疤的上方，不敢再落下去。她低垂着眼帘，叫人看不清神情，可鼻尖却逐渐红了。

她轻轻肯定道：“是这里。”

说完，她又突然提高音量，任性怨道：“那破老头儿不是说雷刑打在你身上犹如皮上挠痒吗？为何这里……”

灵九儿话还没说完，却突然一阵天旋地转，待她再恢复视线，入眼的只有那张面色红润、五官俊朗的脸。

师音翻身在她上方，一手撑在她身侧，一手搂着她的背，双目满是柔光地看着她道：“哭什么，我又不疼，倒是你，鞭刑打在哪儿了？”

灵九儿慢吞吞地伸出手，将掌心摊在他面前，回道：“天监的神官姐姐很是和气，她叫我一日去领一鞭，用小皮鞭打手心。”

师音略惊了片刻，想起自家哥哥，笑道：“那就好。”

见他在笑，灵九儿虽眼角还挂着泪，可心里终究轻快了几分。她缩回手，从腰间掏出自己的功德袋递了过去。

“师师，不对，”灵九儿咬字有些模糊道，“是玉清……帝尊，这些都是我卖莲子收来的功德，本想着挣够了钱好同你跑，如今也跑不了了，便偿还给你，我……我不要了。”

师音从她后背抽回手，将那袋子接过，问道：“为何跑不了了？”

“你不是师师了，”灵九儿圆溜溜的眼睛里透出一股小失望，“你……为何骗我？”

那团由雾气凝聚而成的云飘浮在寒泉上方，四周平地里犹如千灯闪烁。

师音放下功德袋，俯身在她耳旁柔声回道：“我当所有仙神的帝尊，做你一个人的师师不好吗？”

小小的功德袋沿着云层的边缘骨碌碌滚落，“咚”一声掉入寒泉之中。灵九儿却无心关注，来自心悦之人的耳鬓厮磨，最是挠人心神。师音的唇尖若有似无地在她耳垂边碰撞，浅淡的呼吸喷洒于耳后，她浑身一紧，迷迷糊糊问道：“你要做什么？”

师音俯身在她耳侧，音色深沉却又极尽柔情：“带你……载梦压星河。”

他随即广袖一挥，千灯骤暗，软玉在怀，温香盈于齿间，一切犹如夜深忽梦，好得极不真实。

隔日，灵九儿在自己的住所里迷迷糊糊地醒过来，她睁眼瞪着房梁，瞪了半晌，突然挺身而起，脑仁一阵刺痛。

她坐着缓了好一会儿，方才动身下榻，不料脚刚落地，一起身两腿竟有些发软，她连声惊叹："厉害厉害厉害啊，这飞花仙子酿的酒果真厉害。"

灵九儿慢吞吞走到小桌边坐下，顺手给自己倒了杯水，清泉入口，她整个人都舒坦清醒了几分，只是这么坐着坐着，脑中突然浮想起一些模糊片段。

汤池、白云、会发光的钱袋子，还有……师师裸露的宽厚胸膛？

我的天！灵九儿呼吸一滞，这什么情况，她来上清天这些时日，从没见过有这样一处美景，难不成是她醉生梦死间，又日日想着师音为何不主动与自己解释，竟……

灵九儿猛地摇了摇脑袋，起身飞奔到了飞花的宫中。

与此同时，师音衣衫规整，端坐在虚吾大殿的主殿里，手中正握着一管卷轴细看。织梦在他身侧站立，禀报道："帝尊，按你的要求，司命那边已经替那户人家改了运格，会有后起之秀，保本家三代大富大贵。"

"嗯。"师音微微点头回应，"那家夫人是个纯善之人，因我的缘故，还要遭受老来丧子之痛，是我该担的罪债。司命肯答应帮忙，我也就放心了，晚些差人送些礼过去吧。"

织梦问道："送点什么，帝尊不给个范围？"

"这个……"师音思索片刻，"去库房随意挑三样物件送去吧。另外我没记错的话，司命在天上人间还有间铺子，再免收一年租金吧。"

织梦应道："那我先下去安排了。"

"等等。"师音放下卷轴，抬眼道，"织梦啊，你帮我算一下，那件事我还要历多少个轮回？"

织梦掐指算上片刻，答道："算上帝尊损身折寿，提前回来这次，还余下两万三千次。"

"还要两万三千年……"师音眸光深远，他沉思了片刻，"从下次开始，你帮我安排半年轮回一次吧。"

织梦不解，疑惑道："为何？"

"我想早点结束。"

"不该啊，"织梦急道，"帝尊七万年都是每年入凡一次，如此走过来的，为何突然这么着急？"

师音正坐在案桌前，手指不自觉地去扣卷轴上的丝线，他沉默了片刻，敛眸道："小九姑娘……我想早些将她娶回家。"

"这有何影响？"织梦更不解了，"帝尊每年不在天界三月，于九尊主来说也就是一段时间见不到你罢了，可帝尊你若半年入凡一次，仙身损伤更重不说，那一年取两滴心头血，你到时候恐怕连床榻都下不了，这数万年来虽说天界无战事，可谁也说不准什么时候会再乱上一回，帝尊总归要留些后路，不该如此冒进。"

"可我如今这样，若真出了乱子，照样也是帮不上忙的，"师音淡笑道，"织梦你就放心吧，天界有我二哥哥坐镇，还有青武阳与北岐两位神君镇守南北门，不会有事的。"

织梦依旧不肯："可你总该想想自己，一年一次都已经将金丹损没了，若再冒进……"

“好了，织梦，没事的。”师音打断道，“我自己的身体我还是清楚的，小九姑娘已经将心意摆在我面前，我不能再拖下去了。”

“可这件事和娶九尊主并无冲突啊。”

师音深叹一口气，回道：“如何能不冲突？我如今都不确定，若小九姑娘知道我身上背负着这些罪孽，她还愿不愿意同我在一起，两万三千年，到时我和她的孩子出世，我又叫他们如何面对这样一个父亲？”

到此，织梦总算是明白了。自家帝尊为何独身数万年，从前总觉得他对待婚姻一事并不上心，不急不缓地一晃就过了几万年，今日才知道，帝尊是对婚姻过于上心了，才总是容易忧虑。

织梦无奈应道：“给我时间，我再想想其他办法。”

说着，她不管师音答不答应，转身便走了，只是在踏出大殿的前一刻，她又扭头回来，道了一句：“帝尊该对九尊主再多些信心才是。她虽入世不久，阅历也浅薄，可明辨是非的能力，她还是有的，不会惧怕于你。”

师音遥遥望着她，回道：“希望如此吧。”

待织梦跨出大殿，师音突然又招手道：“对了，织梦啊，再帮我差使两个宫娥去小九姑娘的住处，领她去浴房梳洗梳洗，瞧着时辰，她也该醒了。”

织梦一路上都觉得有点不对劲，这个也该醒了，似乎另有深意呀，难不成……帝尊昨晚同九尊主是在一起的，然后今日早起去办公时，九尊主还在熟睡，所以此时此刻帝尊才估摸着屋里的人该醒了？

这……

织梦心中飞快地思索。

等那两个小宫娥去到灵九儿的住所，哪里还找得到人，人早就在飞花的酒楼里待着了。

灵九儿奔去中天庭，发现飞花不在，又跑到花萼酒楼去寻，这才将人找到。她悄悄把飞花拉到一旁，神神秘秘道："飞花仙子，我问你个问题。"

飞花本是在柜台算账，突然被打断，有些心不在焉道："啊，你问。"

"这肌肤之亲，是怎么个亲法？"

什么？

飞花眉头一皱，一双眼睛精光闪闪地审视着她："你问这个干吗？"

灵九儿扭扭捏捏回道："这个……我……我昨日喝了你的酒，好像迷迷糊糊地做了个梦……"

"停。"飞花将她打断，立马乐呵呵道，"我知道，少女怀春嘛，何必说得如此明白，像你这年纪，这都正常，正常啊。"

灵九儿颇有几分难为情："飞花仙子……这当真正常吗？"

"正常正常。"飞花停下手中的活，略寻思后，从手中幻出一本小书塞了过去，"这姑娘到了年纪呀，不该再傻乎乎的，否则容易叫人占了便宜还不自知。喏，好好揣着，回家细看啊。"

灵九儿顺手一接，再顺手一翻，巧了，书中所画那男子俯身的模样，同她忆起的画面竟有九分相似。她耳后滚烫，猛地把书一合，连忙递回："不看不看不看，我不看。"

"你要看的。"

"我不看。"

“哎呀，你看看。”

“不看不看……”

如此推拒了好半天，飞花最终磨光了耐性，将书往灵九儿兜里一塞，施个小法术给隐了起来，顺便在面上挂上善意的微笑：“小九儿，你听我的，不会错。”

灵九儿没多大能耐，来天上这么久，隐身术都不曾学会，只好作罢。她急匆匆地转身边跑边道：“我走了。”

“你跑什么，”飞花追上去，调笑道，“同我说说，你梦里的可是小帝尊？”

灵九儿边跑边回头，有些羞怒道：“飞花仙子，你小声些！”

说着，她便跑出了酒楼。

飞花停在门槛旁，笑得弯下了腰。

灵九儿本就只是好奇自己为何会做这样一个梦，不料找过来问上两句，竟被飞花给戏弄得面红耳赤。

她一溜烟跑了，顶着一张红扑扑的小脸，顺着天上人间的街道逛了起来，边逛边寻思着如何盘个小店来做点营生。

另一边，织梦前脚刚走，后脚就有神官来通报，将师音召去了三元大殿。

师青正坐在主位上，面容颇为苦楚道：“玉清呀，你那池莲子当真是苦了为兄我了，这好不容易将白洛神君打发完，西海又出事了，海里有条修炼百年的水蛇，不知道怎么回事，竟得了你一颗莲子的灵力，修仙不成反坠了魔，虽说暂时没有残害百姓，但多少还是闹得人心惶惶，终日不安。你也知道那位西王母的脾性，给我传音说明此事，险些没给我耳朵震聋了！”

“西海？”师音有些疑问，“那些莲子，小九姑娘只在天上人间贩卖过，为何能流落到人间去？”

师青回道：“这事前两日就出了，我看你无暇顾及，便叫你二哥先去探探。说是一个半仙道士混进天上人间买了莲子，不知如何辗转，最终被那条蛇精拿到了，你二哥前去探查，走漏了风声，那蛇精躲得没影了。你也知道，师玄那个急性子，怎么找也找不到，我这才叫你过来，终归你耐性足，看事情也更细致入微一些，你前去助你二哥一把吧。”

“兄长，这件事本就是我殿中失职酿下的恶果，你为何不早些同我说？”师音眉头微蹙，面上隐隐担忧。

莲子贩卖一事，若只是在天界发酵，不论后果如何，师音都有能力去解决，可只要一扯上凡间，事情就会严重很多，例如仙家都有仙身与金丹护体，就算是爆体而亡，只要留有一丝灵识，都还有生还的机会，可凡人只有一条命。

师青当然清楚自家弟弟的忧虑，于是宽慰道：“先别着急，你二哥去得及时，那蛇精不敢嚣张，不过就是掀起过两场风浪，搅了些安宁而已，暂时没有伤人一事。你去了西海，也别亲自动手，若遇难事，尽管让你二哥上前，你替他出出主意就好。”

“我哪至于这么弱。”师音面上褪去担忧，弯眼笑道，“倒是兄长对我过分保护，小心我如此赖着哥哥们，一辈子不娶妻成家了。”

师青眉峰一横，道：“这可不行，说起成家，你同那九姑娘之间，情况到底如何了？”

“快了。”

师音丢下这两字，便抽身下凡了。

途中，他抽空敲了敲织梦，问道：“小九姑娘可有梳洗好了？”

织梦回禀道：“九尊主不在住处，跑去天上人间了，此时正在闲逛。”

“也好。”师音细细想了片刻，又道，“对了织梦，我下凡期间，你差使两个神官，将我房中的榻换个大些的吧。”

“怎么帝尊觉得原先的榻睡着不舒服吗？”

“倒不是不舒服，只是两个人睡，未免小了些。”

织梦一愣。

在天上人间闲逛的灵九儿不知不觉又逛到那家汤包店门口，正踌躇着要不要进去吃两个包子，却突然在店里寥寥几个食客中发现一道熟悉的背影。那人虽幻了模样，可无奈幻得实在粗糙，灵九儿光看了一眼背影，就将他认了出来。

她抬脚跑进去，一屁股坐在那人对面，小声唤道：“兮姻兮姻，你也爱吃这家汤包呀？”

兮姻还是一副小老头的模样，他闻声抬头，眉眼一急，道：“嘘……莫要胡叫。”

在天界，灵九儿算是个实打实的新人，认识她的人掰着指头都能数过来，她自然可以顶着自己的样貌随意在天上人间走动，最多闲逛时让人多看两眼罢了。可兮姻不同，他这副老脸，天界谁人不识，若叫大家知道他一把年纪了还馋两口汤包，多少还是有些稳不住面子的。

灵九儿瘪瘪嘴，回道："好的，老爷爷，您别光吃包子，喝两口汤啊。"

兮姻将面前的一屉包子推出去，瞪眼道："你如何将我认出来的？"

"发型呀，您绾头发的簪子还是您常用的那一支，还有胡子，"灵九儿将两根食指搭在鼻孔下方比画道，"两撮胡子，最是好认了。"

兮姻将筷子一放，不吃了："叫你认人，你倒是机灵，让你好好把握自己的姻缘，你就傻了。"

说起姻缘，灵九儿小脸一垮，低落道："兮姻，你早便知道我的朋友师师就是那位帝尊，为何不同我明说？你知道我干了多少蠢事吗……"

"这个……"兮姻沉吟道，"倒是略有耳闻，可是这也不能怪我，是帝尊不让我们说的。这有些时候，帝尊的心思实在难猜，我也不敢逼得太紧，他独身这么久，遇到九尊主你啊，实属难得……"

话到此处，突然天边一道白光乍现，四周桌椅剧烈抖动了片刻，有食客连忙稳住身子，叹道："这是哪位帝尊又下凡了？"

兮姻手一抖，一把老骨头险些摔下了椅子，他话头一转，道："此阵法与设阵者心脉相通，这阵仗恐怕是玉清帝尊破开天屏，下凡去了。"

师师？

"他为何总是下凡？"灵九儿满目疑云。

兮姻也不解，起身道："我去探探。"

话音落，那道原本看着不怎么利索的身影已经三两步跨出了汤包铺子，消失在街道人流之中了。

独留灵九儿在原地，她也想去探探，可去哪儿探呀？

思来想去，她又原路折回花萼酒楼，飞花依旧还在柜台后，手捧算盘，打得噼啪作响。

“飞花仙子，”灵九儿跑过去问，“方才我听兮姻说，师……玉清帝尊又下凡去了，你可知是为何事啊？”

飞花头都不抬，随手往柜台角落的一个小板凳指了指，平淡道：“坐那儿，好生听着。”

灵九儿虽有些不解，但还是乖乖过去坐下了。

这等了半晌，也不见飞花开口，她遂又问道：“飞花仙子为何不说话了？”

飞花抬眸睨她一眼：“不是让你坐那儿听我说的。”

灵九儿眉头微蹙，依旧不解。飞花见状，只好给她使了使眼色，灵九儿顺着看过去，酒楼大堂里摆放着数十张矮桌，都坐满了人，她这时才发现每个桌的酒客都在窃窃私语。

凝神一听，竟都是在偷偷议论师音下凡一事。

“降魔？这往常人间有什么除邪降魔的事，不都是灵宝帝尊独揽的嘛，怎的这回玉清帝尊也去了？”

“听说这次是虚吾大殿惹出的祸端。”

“人间的祸端？不会又是什么人命债吧，可怜咱们这位帝尊，明面上风光无限，暗地里却一身的孽债，七万年都偿还不清。”

“是啊，都说惹什么也莫惹凡人命，生来就活一回，夺人性命难偿还，别这回帝尊又沾上凡命债，才真真叫本仙心疼呢。”

“若我没记错，那位玉清帝尊早两万多年前就没了金丹，平日里最多消灾解难，如何降魔啊？”

“仙友莫不是刚飞升？虚吾大殿八千年之前就出了一款单品，名为锁灵囊，能从万物中吸取灵力，收放自如，效用堪比金丹。这等上品好物，咱们帝尊要多少有多少，何须担忧此事。”

“可那锁灵囊终究只是个辅助物，总有灵力枯竭的时候，用起来哪有本身修炼的金丹这般称手啊。”

“哎，最新消息最新消息，玉清帝尊此次下凡是为降伏蛇精，听说是吃了自家莲园里的莲子才堕魔的，前几日传出那位新晋的九尊主偷卖帝尊莲子一事……”

……

听至此处，坐在小板凳上细听的灵九儿心中一个激灵，小手抖了三抖，又是莲子，当真是倒霉起来，神官都怕了。

她回头问飞花：“飞花仙子，照理说能入天上人间的，非仙既神，那莲子如何能落入凡尘？”

“这可就难说了。”飞花回道，“这阵中偶尔也能混进几个人来，多在通货日趁乱混进来，淘些宝贝下凡去敛财，指不定还有其他什么神魔鬼怪也能混进来，乱得很。”

解了惑，灵九儿默默将手放进兜里，摸了摸那柄触感光滑的勺儿，心中一横，起身跑了。

飞花将手里的算盘往柜台上一拍，连连叫道：“小九儿，你跑去哪儿？”

话音还未落，人已经跑得没影了。

此时凡尘，师音化身为一个渔夫，正懒洋洋躺在一叶孤舟里，四周昏暗，唯独他的扁舟上数盏渔灯照得方寸之内明亮如白昼。

海蛇喜光，更是喜欢在晚上漂游于水面，常常成千上万条聚集在一起随波逐浪不断前进。见自家二哥苦追蛇精半月却毫无进展，师音便想出了一个简单、粗暴的主意。

利用灯光将蛇精的蛇子蛇孙们全都诱捕回来，早晚能逼到它现出行踪。

果不其然，如此诱捕了七日后，师音今晚刚踏上扁舟，便隐隐感觉到水下暗潮涌动，抛了这么多天的鱼饵，终于到了收网的时候。

舟行三里，师音靠边而停，拖着手中整整一网兜的小海蛇们上岸了，就在他感觉身后暗藏的危险越逼越近的时候，突然一道身影从他眼角余光中快速掠过。

灵九儿手握巨勺从天而降，口中大喊一句：“妖精，看招！”

师音急忙回头，身后一兜的小海蛇在灵九儿的勺下变成了肉泥，血溅当场。他心下一惊，连忙道：“小九姑娘，你认错妖精了……”

就在这电光石火之间，海面上突然涌起千层浪，足足有两人身宽，数十米长的巨身海蛇腾出水面，朝两人所在的位置飞速扑来。

听到师音的提醒时，灵九儿亦察觉到身后有异动，她还来不及回头，便从眼角余光中瞥见一张血盆大口，距离自己不过三尺远。

灵九儿心中大惊，脑子里只有一个念头，那就是跑！

她身子一动，本想撒脚躲开，不想慌张间脚下一滑，朝地上摔去的同时避开了蛇口，却倒霉催地被巨蛇的獠牙给挂住了后领子，顷刻之间，连人带蛇腾飞到了半空中。

见此情形，师音再顾不上其他，迅速掏出袖中的锁灵囊，单手捏诀，御风而起，他于半空中伸出右手，唤道：“小白莲，现！”

话落，天边白光骤现，他微微抬起手臂，一朵白莲急速飞来，带着细细的根茎缠绕在他手腕上。

他眼睛牢牢锁着灵九儿所在的位置，温声却略急促道：“缠住它。”

此话一出，那白莲从他手腕上松落，朝巨蛇的七寸之处袭去。同时，从灵九儿手里脱出的勺儿也反应了过来，勺身猛地又变大了数倍，同蛇精纠缠在一起。

打斗间，灵九儿如同一片风雨中飘摇的小树苗，随着巨蛇的大口上下左右摇摆不定，直到那朵白莲舞动着细长的根茎，如藤蔓一般迅猛地勒在蛇精的七寸之位，灵九儿才被痛苦不堪的蛇精从獠牙上甩落。

师音飞身过来将她接住，揽入怀中。

两人双双落在地上，灵九儿喉咙被勒得很是难受，突然被松开，猛咳了数声。她红着眼，泪眼婆娑地看着师音，解释道：“我没有哭，这是被风吹的。”

“我知道，”师音将她放在地上，温声安抚道，“你先别动，待在这里。”

说完，他一挥手，在灵九儿周身设了一道散着盈盈白光的屏障。

这次下凡，师音本没有动手的打算，所以只带了一只锁灵囊，眼看着腰间那个小袋子周身灵光微弱，缠在蛇精七寸的小白莲也渐显吃力，师音迅速给自家二哥传去消息，同时他探到附近有一位灵力强盛的武神经过。于是，他将腰间的锁灵囊朝天上猛地一扔，隔空传音道：“不知是哪位大武神从此路过，冒昧将您拦下，是想暂借些灵力救急，日后必定百倍奉还！”

气氛沉默了片刻，对方传回冷冷的一声：“哼。”

这声从鼻腔共鸣而出的声音，虽带着毫不掩饰的轻蔑之意，可随后锁灵囊重新回到师音的手中，却是灵力胀满。

师音毫不在意，弯唇一笑道：“多谢！”

得到充沛灵力加持的小白莲瞬间满血复活，将蛇精缠得死死的，勺儿将蛇身敲了个遍后，最后往蛇头上一顿暴击。如此纠缠了一会儿，不料那蛇精竟还能顽强抵抗。

这时，得到消息的师玄从下游赶来，挥着手中金剑腾空而起，三五个回合便将蛇精制伏了。完成任务的小白莲迅速抽身，回到师音身边，顺着他的衣袖爬了进去。

那巨大的蛇身奄奄一息地躺在海岸上，如若细心些，便能看出它的目光是扫向那摊被灵九儿砸得稀碎的肉泥上的。

师音自然注意到了这点，他上前站在师玄身边，轻声道：“这蛇精未堕魔之前，应当是个善类。二哥哥，我们将它带回去，除了魔性，再送回西海吧。”

“也行。”师玄应道。

到此，师音蹲下身子，与那蛇精对视，又道：“你且放宽心随我们去，此前诱捕的那些小蛇，我二哥都好生饲养着的，这便会将它们放回家。”

那巨蛇一双灵动的大眼眸光闪烁。

一直被困在屏障里的灵九儿听到此处，内心的愧疚如同浪涌一般翻滚。在师音的心细与善良面前，她仿佛像个傻子，情况都没摸清楚，一勺就砸死了一网兜小蛇。

灵九儿扒在屏障上，遥望着那道背影，满眼皆是愧疚。同时，她眼角的余光瞥到一位身形高挑的黑衣少年，袖口紧扎，烫金的云纹分布于领口、袖口、衣边。

那少年面向师音所在的位置，目光中的鄙夷还来不及收住，便同灵九儿对视上了。两双眼睛都从同一人身上撤回视线，一双满是愧疚，另一双中却满是鄙夷，场面顿时有些神奇。两人都同时向对方传递了一个信息：你这眼神是怎么回事？

灵九儿：我们师师纯善又温柔，你一脸鄙夷从何而起？

黑衣少年：那副令人倒胃口的纯善模样，你一脸花痴从何而来？

好吧，黑衣少年成功将灵九儿那满眼的愧疚之意解读成了别的意思。对视了片刻，那少年将脸摆正，收回视线，从鼻腔冷冷“哼”了一声，满是不屑。

瞧着对方似乎来头不小的样子，灵九儿本想“哼”回去，最后却颇有几分可怜兮兮地扒在屏障里，轻声道：“那什么……相逢便是有缘，仙友可否帮我破一下这层结界？”

她现在还不知要如何面对师师那层帝尊的身份，再加上那个稀里糊涂的梦境，她此时只想悄咪咪地逃走。

哪想那少年又瞥她一眼，目光虽有不屑，却指尖微动，那层薄薄的屏障便被破开了，只是在破开的同时，师音感知到自身灵力波动，顿时回过头来寻人。

灵九儿踏出半步的脚慢慢……慢慢缩了回去，她悄悄将手背在身后招了招，小答应瞬间不知从何处飞到了她手中。

将那蛇精收拾好，师音同师玄一齐走过来，还隔着一段距离，师玄便疑惑问道："青武阳神君，你怎的也在这儿？"

"见过两位帝尊。"黑衣少年拱手一一相拜，拜到师音的时候，略显敷衍，"我来此消灾，纯属路过。"

青武阳神君？

灵九儿眼皮一跳，果真是个大人物。

此人小小年纪，竟是个坐镇一方的武神。

她站在那少年身侧，双手交叠于身前，也匆匆朝那两位身长玉立的帝尊拜了一拜。

师音怎么说也是上清天的帝尊，被一个武神如此区别对待，他竟也不恼，弯着眉眼瞧着这边，和颜悦色道："方才多谢武阳神君出手相助，你相借的灵力，待我回去便百倍奉还到神君殿中。"

那少年闻言，不说要，也不说不要，权当没听见了。他再一拱手，道："今日下凡，事还未了，我先告辞了。"

说罢，一个转身便消失了。

原本尴尬的是师玄，夹在那两个男人中间，该说点什么都不知道，这下黑衣少年走了，尴尬的就该是灵九儿了。

师玄很是识趣，拍拍衣袖，一句“回去述职”也紧跟着走了。

灵九儿杵在原地，心中觉得自己砸死了小海蛇，算是又犯下一桩罪孽，连带着偷莲子一事，本该向师音跪下求宽恕才对，可双腿不知怎么的，面对着那个人，却怎么都跪不下去。

“帝……”

“小九姑娘，”师音将她打断，“可是有什么心事？”

灵九儿看一眼那摊肉泥，问了一个自己都觉得不可能的问题：“那些被我砸死的海蛇，我该如何才能再救活它们？”

师音顺着她的目光看过去，又看回来，柔声回道：“凡人凡物死了，便是那些修为深厚的元君，也都是救不回来的。”

他领着灵九儿朝水中走了两步，又道：“不过我们可以弥补，对在世的人来说，也能称之为赎罪。”

吃瓜

上清天众仙家头顶的神识圈同时亮起：“诸位仙家，明日邀请大家一同吃瓜。”
吃瓜？
不知是哪位仙家的瓜。
窃窃私语
第二日……
三元大殿
原来真是吃瓜啊!
听说这瓜是武阳神君种的。
哼!

第八章

毁天灭地，剥皮剔骨？

J I U G U S H U

灵九儿看着此时已经风平浪静的海面，疑惑问道：“如何弥补？”

“你闭上眼睛。”师音道。

灵九儿没多思考，照做了，随后她只感觉自己的眉心一阵清凉，再睁眼时，只见师音手中拖着一股灵力，幽幽泛着白光。

“这些水里修炼的小东西最是喜欢仙家的灵力，如小九姑娘这般登记在册的神官的灵力，它们更是求而不得，你的这丝灵力可以孕育这片海域方圆十里内的灵物，如此便是弥补了。”

说罢，师音挥手将灵力融入水中，回眸道：“好了。”

如此一来，灵九儿心中舒坦了许多，她揉揉发凉的额头，没再往下接话。

回去的路上，灵九儿思前想后，还是觉得该把偷莲子一事摆上台面来明说，否则她总是不自在。于是，她小心开口：“玉清帝尊，莲子一事，我想了许久，自觉还是应该同你赔个罪才对。那些时日，我赚了不少钱，都还给你吧。”

她边去掏功德袋，边继续道：“当是偿还了，你收下我便能心安……”

话至此处，灵九儿动作一滞，蒙了，腰间空空如也，哪里有什么功德袋子。她心道，我的钱呢？

师音见状，开口拦道：“小九姑娘见外了，早晚都是一家人，又何必算得如此清楚，你若喜欢，以后……账都由你管。”

什么？

灵九儿将丢钱一事暂放，呆愣了片刻，才问道：“帝尊这话是何意啊？”

“此前对小九姑娘隐瞒身份，是我不对。”师音柔声回道，“如今你我也坦诚相待了，便不该再如此拖沓下去。你在天界无亲无故，婚宴之事琐碎繁杂，就由我来全权操办吧。”

“婚宴？”灵九儿一张小脸铺满了讶异。

他什么都不同她说，瞒着身份也就罢了，还掖着许多过往只字未提，怎么就能说是坦诚相待了呢？

师音连忙道：“我知今日说起此事，是有些匆忙，怪我唐突……”

“你是很唐突。”灵九儿迅速打断，“这简直就是唐天下之大突，这实在是太唐突了，帝尊此行下凡，又是捞蛇又是降魔，身子该乏累了，早些回去休息吧。我前几日同飞花仙子约了今日看戏，便不在此耽搁了，告辞。”

说完，灵九儿抬腿跑得比兔子还快，独留师音在半途中，衣摆迎风翻飞。

灵九儿这一躲，就躲了师音月余。

她根本没留意到师音所说的“坦诚相待”这四个字的深意，就更别提将它和自己以为只是个梦的事联系在一起，她心中打了个死结的地方，是明面意思上的坦诚相待。

灵九儿那日跑回天上人间，非要缠着飞花给自己答疑解惑，飞花只答了她一句：“咱们这个小帝尊啊，内里是个柔善之人，什么事都爱往身上揽。”

随后，飞花便顺手在角落给她安置了个小板凳，叫她好生听着。

自古酒楼都是客流繁杂之地，仙家交情往来、闲谈各家琐事都逃不开来此小坐片刻，久而久之，这里便成了消息聚集流通的一大要塞。

灵九儿在角落的小板凳上枯坐了近一月，将听来的那些零零散散的片段拼凑在一起，才勉强将心中那一团乱麻理得有头有尾，稍现始末。

原来，如今上清天的三位帝尊都是由凡人飞升成神，不像灵九儿这般本身就是灵族，纳世间万物灵力而修成身形，位列仙班。凡人成神者，非富即贵，不是人间的大才之人，便是各国帝王皇嗣建下大功伟业的天之骄子。

从古至今，飞升者都是救民于水火，而师音却是弃万民于不顾。

七万多年前的仓央国国库充盈，皇室关系和睦，另有三位皇子横刀立马，大风起，云飞扬，震慑四方，在人间各国中盛极一时，一国独大。可历来英雄不怕明争，却多败于暗斗，彼时周边无数小国觊觎这片极乐之地数年，最终联手进攻仓央国，无数阴招接踵而至。

血气方刚、英姿飒爽的少年将军高立于马背上，手中长剑锃亮，气势刚健犹如骄阳，师音眸中的泰然无时无刻都在向他的臣民们展示着他对那群乌合之众的蔑视。

可最终那位受万民敬仰的皇子殿下并没有护住他的子民。

当时武阳城是仓央国边境最大且最繁华的城池，地处贸易要塞，城中人口将近十万，可阴戾小国却罔顾人命，投疫于城内。师音挥兵至此，疫情已经席卷全城，如狂风肆虐，根本不可控制，他当即下令封城，五千将士驻守城墙外，将一座城围得密不透风，随之而来的，是敌军联师数万，势要夺下武阳城。

前有敌军，后有瘟疫，他若败，也该败得其所，可没有人能想到，围城七日后，他率领五千将士大杀四方，配合两位皇兄踏平了敌军主营大帐，将这场战争赢得极其漂亮。

然而虽打赢了仗，武阳却有近十万因疫病而死的冤魂聚于城内，经久不散，整整半月，没有人再敢靠近那座死城，偏偏那位三皇子不顾所有人劝阻，大战刚结束，便独自进了城。

原本热闹非凡的主街道上，无数干瘪的尸体横七竖八地躺着，黑色的血液经过日光的暴晒后干涸在地面上，蝇蚊漫天，令人作呕。

师音年轻且尊贵的生命里，何曾见过这一番景象，触目惊心都不足以形容他入眼的这一切，他心中有悔，悔自己轻敌，悔没能保护好将他视作信仰的臣民们。

那日，师音在城中街道半步未动，伴着脚下死去的恶臭尸体足足站了一夜，直到第二日天光骤亮，一个七岁小儿从街道另一头踩着无数尸体朝他走来，那也是他的奇迹，是这座城唯一的幸存者。

小儿手中捏着一个污糟的馒头，仰着头，毫无惧意地与他对视，眸中淡然道："我知道你是谁。我阿娘临死前说了，她不怪你，她还说，若不围困这十万人，便可能有百万人死于疫病，仓央有最好的帝王与将士，该长盛不衰，做仓央的子民，该心怀天下民生，该有直面死亡的气魄，该以善应万事……"

以善应万事，这是师音作为皇子常常挂在嘴边的话，可就是因为这句话，他在战场上优柔寡断，手握重兵却不肯杀伐决断，才最终让敌军钻了空子，潜入城中散播疫毒，让近十万人死于非命。

师音十九岁领兵出征，第一次上战场，杀敌上万，缴粮千吨，却也围困了近十万无辜国民于武阳城中，瘟疫肆虐，尸横遍野。

这是他的罪孽，他本打算独自进城，以死赎罪，却在下跪的那一刻周身金光环绕，紫气冲天，当场飞升了。

"那位武阳城中的奇迹，存活下来的七岁小儿便是如今天界威名赫赫的青武阳神君了。"飞花不知何时捧了一手花生坐到灵九儿身旁，她接过邻桌一个正在私语的仙家的话道，"你可不知道，当年玉清帝尊刚刚飞升便又下凡了，别的仙家听到历劫都会脑仁疼，他却上赶着往凡尘跑，化了身，成了武阳神君在凡间的师父，带着个毛头小儿花了十年，将武阳城重新恢复了繁荣景象。后来武阳神君未及弱冠便做了城主，因庇佑一方百姓国泰民安，也跟着飞升了，到了天界还立过赫赫战功，这才成了坐镇南门的大武神。”

这故事灵九儿听了将近一月，心中难免平静了许多。她两只手杵着下巴，问道：“奇怪，那青武阳神君我见过，可瞧起来，他似乎并不喜欢师师，这又是怎么回事？”

飞花略一思索，回：“这个……男人之间的别扭，我也不太懂，反正武阳神君是瞧不惯小帝尊得有好几万年了吧，平日里对待众位仙家都挺客气的人，一到帝尊面前，要么夹枪带棍，要么就干脆不搭理，权当没看见，奇了。”

说起青武阳神君，那日师音回去之后，还真没忘记还灵力，他命了数十个小宫娥，托着玉盘去取了一百个锁灵囊送到武阳殿去了。

那少年依旧是一身黑衣，冷冷地看着围在自家门口的一众宫娥，淡然吩咐身边人：“将这些灵力取来，种瓜。”

众人瞠目结舌，这些灵力得是多少仙家求而不得的好物呀，竟拿去种瓜，简直是暴殄天物！

等到一月后，武阳殿中遍地是瓜藤，受到深厚灵力蕴养的瓜长得巨大无比，周身金光灿灿，瓜的确是一屋子好瓜，却苦了殿中的一众宫娥仆从，在自家院里走，却连下脚地都快没了。

于是有胆大的属下冒死谏言道：“神君呀，这个……瓜熟蒂落，要不差些仆从来，摘去天上人间支个摊，卖了？”

黑衣少年坐在院中最大的那颗瓜上，微微低着头，摆动着两条悬空的长腿，晃晃荡荡回道：“不卖。”

“那……命厨司来，摘去煮了？”

“不吃。”

要问这属下天界谁的心思最难猜，该当是自家这位小小年纪却总是一副老练模样的神君殿下了。他略思索了片刻，又支吾地问：“那不如……摘了，挑个上乘的瓜，送去虚吾大殿？”

少年闻言，冷眸一扫，吓得那属下浑身一个哆嗦，连忙弯下腰，等了片刻也不见回响，便战战兢兢退下了。

这边，飞花道完一声“奇了”，又突然想起什么，补充道：“好像……是两万多年前那场神魔大战，小帝尊凡尘轮回，刚巧取了心头血，修为最弱时上了战场，那一战之后，他的金丹损毁，只能靠锁灵囊来驱使术法，好像是从那时候开始，武阳神君便不再日日追着那位小帝尊跑了。”

“金丹损毁……”灵九儿双手托腮，“师师下凡轮回，难道是与先前听说的他身背孽债一事有关吗？”

飞花吃尽手中的花生，拍拍手回道：“你听了一月还没听明白吗？那近十万因疫病而死去的平民便是小帝尊的孽债，这债本不该由他去扛，但他偏要独自去担罪责，谁都拦不住，那近十万的死魂流连在武阳城中不肯离去，他施法将那些魂魄都带去若水河中，自己每年入凡轮回一次，在凡间不杀生，不食荤，终生不出一句妄言，待凡人身死后能带回一滴赤子心血，他回到天界便从自己的心头取出来，去若水渡化一个死魂，以此往复数万年来赎罪。”

听至此处，灵九儿深深叹上一口气，不语了。

飞花虽身形娇俏，却生了一双极其美艳的眼睛，顾盼间难掩几分魅色，灵九儿亦是没幻形，如此两个美人坐在小板凳上交谈难免引来三两个食客的频频观望。飞花有所察觉，眉间微蹙，双目朝那几位食客一瞪，吓得那几人连忙撤回视线，猛吃桌上的花生米。

她随即将视线在灵九儿身上顿了片刻，开解道："小九儿，你也别想太多了，先前你来问我，我便不敢同你说，就是怕你一时半会儿难以接受这些信息，小帝尊飞升至今，该有七万年了吧，他身上那点事，如今天界众仙说起来都只当饭后闲谈，早已坦然相看。如今你在这儿坐了一月，点点滴滴听来的消息总比一口气知道真相的冲击小一些，你若真心喜欢他，便不该太纠结于此。"

飞花是中天庭辈分最高的一个女神仙，就算扯上上清天，能比她年纪大的女神君掰着指头也数不了几个。师音这个帝尊，年纪比她小了不下三万岁，可时时遇着，时时都要气她几回，这上天入地的，何曾有仙家敢这般待她？

虽心中难免不畅快吧，可到底还是一家人，指不定哪天就成自家弟弟了，总该替他说些好话才是，毕竟打心底里说，这样一个有颜有钱还能打的亲戚，她可是一点都讨厌不起来的。

那日，灵九儿什么话都没接，理理衣裙，默不作声地走了。

瞧她这个样子，飞花心中也难免低落了几分，想来小九儿是没能爬过帝尊往事这道坎了。

虚吾大殿。

师音端坐在书案前，手中执的书卷半晌不曾翻动过了。织梦跪坐在殿中的蒲团上，将神识从天上人间抽回，睁开眼思索了好一会儿，才试探着道一句：“帝尊，九尊主从花萼酒楼离开了。”

主座上的人眸光一动，微愣了片刻，轻轻应道：“嗯。”

见状，织梦莫名有些坐立难安，她踌躇了好半天，最终压低声音道：“这个……也不知是殿中哪个小神官嘴碎，前些日子天界都在传帝尊要大婚了，近几日又说九尊主在天上人间打探帝尊的往事，似乎面露不悦，想要悔婚，我说这些仙家就是整日闲的，我们虚吾大殿何时说过要办婚宴，净扯些有的没的，那九尊主高不高兴，开不开心，凭他们一双眼也能看明白啊？”

“好了，织梦，你不必开解我。”师音依旧未抬眸，略低着眼，“众仙家有自己的言谈自由，我并未放在心上的。”

那九尊主你总该放在心上了吧？

织梦心中默默想着，嘴上道：“九尊主那边，我待会儿去寻寻她，快一月不来殿中述职，风评难免不好……”

“这个也不必。”师音出言打断，“小九姑娘心中有她自己的想法，若她不想来，也无须强迫于她，每日下发功德的任职神官中，将她的名字抹去便好。”

师音一直未抬眼，身形也未动弹半分，言语间清淡得很，叫人摸不出情绪。织梦心中略惊，这两人莫不是吵嘴了？

如若不是吵嘴，那就是九尊主当真惧怕了若水河那些死魂，不愿再同帝尊在一起了，若真是这样，这才叫难搞。

织梦忧心忡忡地退下了。

直到大殿的门合上，她都不曾注意到那只捏着书卷的手，指尖发力，骨节泛白，那双藏在眼帘下的眸，如同初冬湖上的薄冰，一点便会破，破了便会露出盈盈水波。

从来没有人想过，这位飞升七万年仍旧独身一人的帝尊，他飞升前，凡身也不过十九，未及弱冠，不理情事，如今好不容易，真的好不容易有了第一眼便喜欢上的姑娘，他还在深深沉沦在小九姑娘对自己的喜欢当中，也曾深深担忧过自己这一身命债，配不配得上这份喜欢。

终于，那份担忧在他满心欢喜时，给了他当头一击。

不出两日，正当午时，天界众神仙头顶上的小圈在同一时间点亮了三下，如此大阵仗，该是三元大殿那边传了消息。

于是有仙家急急忙忙停下手中的活，点开消息："诸位仙家，近日殿中来了一批好瓜，数量巨大，诚邀众仙于明日晚间赴宴，一同吃瓜。"

吃瓜？

收到消息的群仙顿时蒙了片刻，扎堆在一起的仙家里，有嘴快的已经脱口而出："什么，三元大殿吃瓜，这是吃的哪位仙家的滔天巨瓜？"

"近来不曾听说有什么大事件呀，难不成是哪个宫的陈年秘事要被曝出来了？"

"晓不得晓不得，这瓜从天降，诸位可得估量估量，能否接得住呀！"

"说来也是，明日咱几个还是先碰个头，一起前去，好壮胆……"

等第二日，众仙齐聚三元大殿，大家才恍然明白，原来此瓜非彼瓜，帝尊昨日说的一同吃瓜，当真只是叫上大家单纯地吃个瓜而已。

三元大殿上，靠主位延出的两侧，均摆放了小桌，师玄、师音两位帝尊照例是顺主位之下的左右两侧，再往下是南北门武神，青武阳与北祁两位神君，再往下的，便是矮一个台阶的座次，入席的皆是各方排得上名号的神君和仙家。

这排不上名号的，只得是自动排入散养模式，游荡在殿外的空旷场地上，殿外有无数宫娥穿梭忙碌着，两条长到望不见尽头的长桌上，依次摆放着一盘盘色泽金黄的熟瓜，还有许多花生干果和制作精巧的糕类。

而殿外一些自带小板凳的仙家，早已经聚拢在一块，围成一圈地聊开了。

如此盛大的茶会，天界已经有数百年不曾有过了，于是有些刚飞升的小仙满眼好奇，挤破了头也要挤到大殿外，遥遥看一眼殿中那些天界大佬的神姿。

灵九儿刚一到场，便稀里糊涂地被前后左右的仙家给挤到了大殿门口，像她这样灵力低微，空有一个尊主之称的神官，自然是进不去殿内的。

虽隔着挺远一段距离，可灵九儿还是一眼便看见了那道身影，端坐在矮桌后，同身边的神君聊着什么，嘴角微扬，那周身的贵气同这大殿装潢一般夺人视线。

“唉！”

灵九儿叹上口气，艰难地从仙流中抽身出来，果然这身份啊，才是一道人生硬菜。从前将师音错认成一个打杂神官时，并不觉得他身上有何亮眼之处，只觉得眼前人柔得似水，相处起来舒坦又自在，便将他当作寻常神官，满心欢喜地跟在他身边四处晃荡，如今人家身份一亮，顿时跟周身镀了层金光似的。

“哎，小九儿，”耳边突然响起飞花的声音，“你站这儿想什么呢？”

灵九儿略一抬眼，面容颇有几分苦楚：“飞花仙子，我的钱丢了。”

没错，刚刚想到钱一事，她终于又想起来，自己的功德袋不翼而飞了。

飞花眉间一蹙，颇有几分悲痛道：“你是不是傻，若说凡人丢钱我还信，你个天界登记在册的神官也能丢钱？”

“可它就是丢了呀。”灵九儿腰间一掏，两手空空。

飞花直觉眉心微微刺痛，缓着气儿回道：“我也忘了，你总归是披着全族荣光空降来的官，这功德袋不过一个装钱的物什，若是丢了，你去天上人间杂货铺里随手再买一个，只要你别把自己钱袋子的口令给忘了，重新绑定一下，将从前的功德挪个窝，简简单单就找回来了。”

灵九儿面容一松，脱口而出：“还能这样？”

“这些在天界新升手册上都有详细记载的，你若用心些，何必发愁啊？”

飞花如此反问，倒叫灵九儿有些不好意思：“怪我怪我，尽顾着挣钱，天书神官给我的手册都不曾仔细读过。”

“走，”飞花拉着她便要进殿，“我带你进去玩。”

“我就不进去了。”

灵九儿脚下如生钉了一般，半步都没挪动。她瞟了一眼师音所在的方向，推诿道："近来我一直想在天上人间找点营生，还没什么头绪呢，今日露个脸便要走了。"

她本不想来，但偶然从几个仙家嘴里听说这样的茶会，会有位高的大神官们沿路散财，耐不住诱惑，特意过来转一圈罢了。

飞花想着去到殿里，各坐各的席位，师玄也同自己隔得老远，这一场茶会下来该有多无聊，于是不想放她走，挽留道："找营生那还不简单，去灵文司备个案，租个铺子，想卖什么就卖什么了，不急这一时的嘛。"

说着，飞花又要拽着人进殿去。灵九儿趁她手松，打个圈儿便将手肘滑了出来，转身边跑边道："飞花仙子，我真的有事，咱们改日再见吧。"

飞花返身回来，提着音量，颇有几分恼地应道："你个小九儿，领你去吃好东西，你竟也跑，可别后悔！"

她这一叫，传了几分余音到大殿内。

师音正一手揽着广袖，一手去夹小碟子中切得方正的瓜块。听闻声音，他抬眼朝殿外看去，只捕捉到一个拎着裙角跑远的背影。

他盯了片刻，便收回目光，将手上夹好的瓜送入口中，唇齿咬嚼间，随口问了身旁宫娥一句："这瓜甚是香甜，是哪位仙家所种？"

那小宫娥倾身回道："禀帝尊，是青武阳神君一早差人送过来的。"

师音齿间一磕，而后抬眼，朝对面斜对着自己的席位看过去，正巧撞进一双眼睛里，对面那人也在看他。

师音愣了愣，随即弯唇浅笑几分，当是隔空打个招呼了。不料，依旧身着黑衣白襟的少年却撇开眼，双手扶在膝盖上，从胸腔挤出一口气，小小地“哼”了一声。

这早前便听闻武阳神君将自己送去的灵力全都拿去种了瓜，早知此瓜便是彼瓜，他就寻个理由，不来这儿凑热闹了，尴尬，当真尴尬。

瞧两人间这不寻常的气氛，坐在武阳神君旁边的师玄捏着茶盏浅浅抿了一口，一双眼睛来回扫上两遍，同刚进来殿中的飞花悄悄传了音。

师玄：“上回下凡收那条蛇精，这武阳神君便对我这三弟横眉冷眼的，怎的如今在天界众仙面前，他还是这番模样，半分薄面都不给，真叫人头疼。”

飞花：“你们去降蛇精，那武阳神君为何也在？”

师玄：“说是受西边信徒祈召，下凡消灾途经的。”

飞花：“这不是扯胡话嘛，武阳神君是南边的神，西边关他什么事？”

师玄：“不知道啊。”

飞花：“堂堂正正一大武神，不放心就不放心吧，非要偷偷摸摸跟着，到底还是年纪小啊。这别扭闹上了，想扯回来也挺难的。”

师玄：“闹什么别扭？我见三弟对这武阳神君，十分坦荡自然啊。”

飞花此时正往嘴里塞了一口八珍糕，噎得上不了气，她喝下一口茶水，颇感无力地传道：“算了，同你说不明白，我方才要拉着小九儿进殿来，那姑娘死活不进，八成是不想同你那三弟碰面，我瞧着这桩姻缘，怕是要散了。”

这二人暗地里传音传到此处，师音倏地从坐席上起身朝殿外走了。

飞花一愣，传音问道：“他这是要去哪儿？”

师玄：“不知道啊……”

灵九儿从三元大殿跑出来后，独自晃荡到了寻梦渡。她捏来一朵祥云，盘腿坐了上去，日暮西垂，看着昏黄的日头，心中也平静了不少。

自兜里掏出从宴席上偷偷带出来的枣糕，灵九儿有一口没一口地吃着，不知不觉，手中竟只剩下些碎末了。她抬手将那些碎糕全都拍入口中，正舔着嘴角时，身旁突然落坐下一道身影。

一瞟眼，竟是师音。

灵九儿一口碎糕还没咽下去，气全堵在胸口上不来，只好急忙撇过头，连咳了数声。师音坐在她身旁，周身清冷得很，眼睛却还是那副柔善模样，就这样看着她，也不说话。

等灵九儿咽下一嘴的糕，想起身相拜时，他才轻语道："不必寻些虚礼，你在我身边坐着便好。"

闻言，灵九儿只好收回腿，再坐了回去，忐忑问道："宴席还没结束呢，帝尊怎么也出来了？"

"我见你没进去。"师音从怀中捧出一团丝绢，从四面轻缓掀开，"枣糕多食，易积食于胃，这是大殿里特供的水晶糕，我叫它水团子，入口软糯，十分香甜，想带给你尝尝。"

瞅着递到自己面前那三个白滚滚的团子，灵九儿微顿了片刻才将它们接过，回道："我一个打杂的，自然是进不去的，能吃到这等极品糕点，还得跪谢帝尊赏赐呢。"

没错，是要用"赏赐"一词，如今在自己身旁的，可再不是那个莲池打杂的敦厚男神官了。

灵九儿如此心想，师音听着她小心翼翼的语气，心中难免低落了几分。他收回目光，看着西边就快被隐没的日头，平淡道：“在这遍地是神佛的天界，最不值钱的便是钱了，灵力术法才是一众神官的宝贵财富，而我失了金丹，连最简单的术法都要借助外力，再有民间无数百姓因我而死，这样细细算起来，我该是这天界最贫瘠的神，此前没有同小九姑娘明说，是我胆怯，如今你都知道了，不再对我有所仰慕也实为正常。众神仙间传的风言风语，我会出面平息的，小九姑娘不必担心。”

“你别这样说，”灵九儿小心脏一提，“我……我挺害怕的。”

一个很有钱的人当着你的面说他的钱一点也不值钱，这让灵九儿一个从上天以来就掉在钱眼里的小角色很是惶恐，再加上自己曾经偷了人家的东西去卖，惹下大祸，心中更是忐忑不安。

师音双手拢在身前，指尖轻轻抚着袖口：“还有一事，我想了许久，不知该如何弥补，本想你我若能成婚，坦诚相待也算理之自然……”

“这个……这个，”灵九儿出声打断，“这个先让我缓缓，别老提它，难为情得很……”

总将成婚挂在嘴边，灵九儿听来实在不知该如何应对，虽从前一直叫着要同师音在一起一辈子，可真到这时候，她心中拿不定主意了。

师音却误以为女儿家，那种事说起来自然是难为情的，他两次都说得十分隐晦，就是因为怕她羞于面上，如今被她一打断，哪里还敢再提。

灵九儿那日随便找了个蹩脚的理由便跑了，她去天上人间重新买了个功德袋，将从前存下的钱都挪了过来，这才日日去光顾那家汤包店。她一双眼睛灵精得很，四处打探，寻思着如何将这店家最得力的后厨大哥给挖来，另起炉灶。

她连招牌都想好了，就叫“神仙汤包”，简简单单字面意思，神仙吃的汤包，绝非凡品呀。

哪料，她这挖人墙脚的坏心思还没开始实施，就在店里的食客中听来一个滔天的坏消息。

这日，灵九儿想来想去，最终幻成个道士模样，偷溜进汤包店里。她这段时间天天来吃包子，为了不让店家起疑心，每日都幻着新模样进来，这男的女的、老的小的、各种职业的都幻得差不多了，总不能幻个和尚姑子吧，只好变成个小道士，偷摸进去。

结果，她前脚刚踏进去，后脚就跟进来两个同她一模一样打扮的小道士，那两人对她一见如故，不，其实是对她身披的道袍感到很是亲切，于是十分热情地邀请她一同拼桌了。

一落座，那两个道士便开始谈天说地，从开天辟地时的上古神魔谈到人间万朝更迭，再谈回天界近代的神魔之战。

灵九儿倒是听得兴起，还时不时地插上两句，毕竟天书神官那里的书籍，看来看去总会感到枯燥，可听人谈天阔论，竟越听越入迷。

“说来那灵宝帝尊，的确当得天界第一武神，听闻前不久，崂山那地段，鬼界和天界撤兵后，便有妖族的人在那儿横行，这位帝尊下凡捉妖，手握四尺长剑，仅使了七分力，便将那座山给劈成了两半，武力值爆表，一剑震慑各方啊！”

另一位小道士挽挽袖子，抬起胳膊招呼了一句：“店家，这里劳烦再上两屉包子，猪肉大葱馅。”

末了，他才接话道：“那是自然，不过说起帝尊，那位玉清帝尊也是个厉害的，若不是几万年前那场大战，将金丹给损了，如今这天界的各大武神中，也该有他的一席之地。”

“可不是，有什么办法，损也损了，再怎么修炼也炼不回来了，可惜可惜……”

“说到那场大战啊，竟生生灭了灵族一个分支，那美人骨一族，个个生得绝顶貌美，从此天界再无哪家仙女，能生得那般芙蓉如面，肤如凝脂。”

美人骨？

灵九儿面上一红，这夸的，可不就是她这棵天界独苗，美人骨一族之尊主嘛。

正如此想着，另一边的小道士开口接道：“据小道消息，听说天界当年力保下美人骨族一丝血脉的，好像是那位玉清帝尊，在金丹损毁之前，凝了许多灵力将保下的血脉蕴养起来的。”

师师？灵九儿心中略惊，难怪当初见到彩灯时，深深地感觉到它头顶浮着的那圈灵识甚是熟悉，原来那丝灵力和养着自己数万年的灵力都来自师音一人。

不过这也怪不得她到现在才听来消息，毕竟几万年过去，这事连师音自己都忘了。

“两位道友，我有一问。”灵九儿插话，“那美人骨全族都灭了，天界的大佬们又何必花如此精力留下一个，也没多大用处啊？”

“这你就不知道了，那美人骨族人金贵着呢……”

金贵？

听到此处，灵九儿心中难免窃喜，自己一穷二白地在上清天打杂，总该对天界有点贡献才对，至于什么贡献，她自然是想从小道士口中听到自己这根独苗拉高天界整体颜值水平的话了。

那小道士继续道：“她们啊，天生比常人要多长一骨，生有九骨，相貌美，身形佳，相传还身藏上古遗书，取其皮骨放入丹炉炼就数月，便能将那书提取而出。”

闻言，灵九儿没忍住浑身打了个战栗，磕巴道：“道……道友，什么遗书，竟要拿人性命去炼？”

“你个小道孤陋寡闻了吧，这本书名为《九骨书》，书中藏着无数能够毁天灭地的秘籍，这世间的神魔鬼怪，谁都想要得到它，只要那美人骨的美人儿不受半分皮外伤，养得白胖了，拿去炼化成书，主宰天地那只是时间问题！”

毁天灭地？

“那以前没灭族，怎么没人抓她们去炼书？”灵九儿下巴都险些惊掉了。

小道士擦擦嘴边的油渍，回道：“以前那一族的尊主在世时，能施秘术将族人体内的书骨给封印起来，自然没人往那方面想，如今若真留下了独苗，那秘术也失传了，保不准什么时候便会被绑去剥皮剔骨呢。”

灵九儿呼吸一滞，不自觉地看向自己的手指、腰身、大腿，心中直叹这简直是丧心病狂。

可仔细一想，她偷莲子贩卖惹下大祸，虽有师音替她挨了雷刑，可罚她的鞭子却水得厉害，之前没在意，如今想来浑身瘆得慌，莫不是天界当真是想将她养得白白胖胖，好在什么时候不知不觉地将她骗去，剥皮剔骨、投入丹炉、大火炼化，取那上古遗书？

第九章

挖坑填土，快乐埋妖

◆

JIUGUSHU

天神姥爷啊！

灵九儿越想越觉得悲摧，原本寻思着自己在这天界无依无靠，想要大富大贵是不太可能了，但只要勤勤恳恳地赚点小钱，找个合心意的男神官逍遥快活也是不难实现的。不料到头来，钱没挣多少，还被喜欢的神官一通糊弄，别人摇身一变成为天界大佬，瞬间和她这样的打杂小官拉开天大的差距。如今还得知自己这身细皮小骨，保不准还被人惦记着。

都这时候了，还开什么汤包店。

灵九儿将听来的那些消息死死咽在肚子里，也不敢去同飞花说，自己一个人蹲在墙角左思右想后，将小答应给掏了出来。

前段时间日日去吃包子，灵九儿倒是吃多少都还能吃，小答应却腻得慌，连吃数日后，直呼要换一种食物，最终抗议无效，自闭了。

灵九儿又是一顿猛敲，将勺儿给敲醒了。

那稚嫩的男童声咬牙切齿道：“你这个女人，能不能温柔点！”

“小答应，快帮帮我，”灵九儿早习惯了它这副假凶的模样，直接略过它的话，“美人骨一族人的皮骨，当真可以炼制成上古遗书吗？”

“早前跟在元君身边云游时，倒是听说过这一族人，的确身藏神书，不过这皮不皮骨，炼不炼制什么的，我就不清楚了。”

“完了……”灵九儿喃喃，“近日肉包吃了太多，身子圆润了不少，离白白胖胖不远了，我有预感，咱俩得跑。”

勺儿不解道：“跑什么？胖就胖了，又没人要吃了你。”

是没人吃她，可保不准有人要剥她的皮，剔她的骨啊！

灵九儿缠着勺儿变大，脚下一跃，坐了上去。勺儿声调颇有几分懒散地问道：“说吧，这回想跑去哪儿？”

“小答应，不如我们下凡吧。”

“下凡？”勺儿略停顿后，愉悦道，“也行，我就勉勉强强带你溜一圈人间吧。”

一人一勺就这样奔着凡界去了，只是不想刚腾空飞了一会儿，突然一阵飓风刮来，一团散着五彩色的巨大光团倏地同勺儿擦边而过，那巨大的冲力竟直接将灵九儿连人带勺给撂翻了。

“嘭”的一声，自由落体，砸进了别人的庭院里。

落地后，勺儿朝那光团消失的方向惊叹道：“好厉害，这是谁家的坐骑，竟是帝兮灵鸟！”

灵九儿被摔得晕头转向的，她掉下来时，似乎是砸到了什么薄脆的东西，待缓过神来，周身竟遍地是黄灿灿的碎瓜皮，再抬眼一看，一个巨大的弧状瓜壳，被她硬生生给砸出了个人形大洞！

待起身细看，她才发现这庭院里大大小小竟遍地是瓜，还都是被从底部敲开个洞，掏光了瓜瓤的瓜！

那些瓜空有其表地躺在地上，还有数个形状长得匀称、表面光滑如漆的，竟被雕镂成小屋的模样，里头还摆放了藤椅、小桌等物件，活生生将这些瓜壳给当砖瓦来使了。

灵九儿被这些精雕细琢的巨瓜给吸住了视线，心想如此童心未泯，这家主人定然是个十分有趣的仙家。

只是还不等她再多看两眼，院墙外突然传来急匆匆的脚步声，伴着一道惊慌的声音："什么响动？快去瞧瞧神君的瓜！"

糟了。

灵九儿一把揪住勺儿的勺柄，跃身跳了进去，道："小答应，来人了，快跑！"

勺儿倒是不废话，蓄势了片刻，"咻"的一声，迅速逃离案发现场。

待飞远了，灵九儿才深深缓了口气，说道："方才那些瓜皮真好看，那是哪位仙家的院子呀，竟如此有趣。"

"你管他是谁的院子，既然这么不凑巧地砸坏了人家的东西，只管跑就对了。"勺儿说话间放慢了些速度。

灵九儿一听，突然想起什么，好笑道："小答应，你以前敲别人家的宫观，也是敲完就跑吗？咱俩果真有缘呢。"

“想多了，我也就是跟着你才这么胆小。”冷淡男童音。

三日后，凡间，崂山半腰的羊肠小道上。

灵九儿依旧还幻着假身，披着道袍，风尘仆仆地席地而坐。要说这一个是神官一个是灵器，出了门，要去哪儿也就是须臾之间的事情，可这里为何会是三日后呢？

这要从那日破开天屏，私自下凡开始说起。

倒也不是有什么天官爷追来拦路，而是灵九儿跑路跑到一半，突然想起莲池里的彩灯，下了凡，总不能身边日日飘浮着个勺子，惹人注目，可若没有个坐骑什么的，她灵力低微，想做什么都不方便，这思前想后的，她又偷偷跑回莲池，打算将彩灯给一同拐下凡尘。

她养个大鹅做宠物，总该正常了吧。

早前彩灯刚孵化成灵兽时，师音曾教灵九儿施展灵力与彩灯灵识相通，其实那会儿彩灯便将灵九儿认作主人了。上回她割莲蓬，发现了莲池下孕育的小白莲，因为彩灯与那白莲相处万年，它怕灵九儿贸然靠近，小白莲受惊之下会伤到她，这才掀起些波澜来阻止。

这些，灵九儿自然是不知情的。本着众生平等、尊重最大的原则，她蹲在莲池边，将彩灯招过去，询问了一句：“彩灯，近日我突然想去凡间历练一番，你可愿意同我一起下凡？”

问完，她又补充道：“你若愿意，便扑腾两下你的小翅膀，若不愿意，便扑腾三下，明白了吗？”

听了这话，勺儿在一旁嗤道：“这个鹅能听懂……”

“呼呼！”

两阵狂风朝勺儿扑面扇去，勺儿毫无防备之下，竟骨碌碌地被扇出去好远，顿时闭了嘴，没敢再说话。

灵九儿眉眼一弯，兴奋道：“瞧，两下，它是愿意的！”

她高高兴兴将彩灯收入袖中，宝贝似的揣着。

这一人一鹅一勺就这样大摇大摆地走出了虚吾大殿，沿路一个神官都不曾遇见，就连宫娥也一个没有，来得顺畅，走得也顺畅。

只是还不等勺儿托着灵九儿飞出上清天的地界，灵九儿突然又把它给叫停了，连忙道：“等等……等会儿，小答应，我忘了件大事。”

“什么？”

“我得去找天书神官借两本书，学艺不精，需要秘籍傍身。”

勺儿无奈，又托着她原路返回。

等借了书，刚飞到上清天边界，灵九儿又将它给叫停，急道：“等会儿等会儿，小答应，我还忘了件事。”

“什么事？”

“莲池的职务我还没辞去，这样一声不响地走了，会不会不妥当？”

勺儿淡淡回道：“你这哪儿是走啊，一个要偷跑下凡的人，你还管什么职务，就算你要管，人家虚吾大殿那边不是早几个月前就没给你发放工钱了吗？”

“也是。”灵九儿低声应道，“左右不过就是个扫地的打杂小官，算了，走吧……”

听了这话，勺儿心想可算没事了，蓄着力一阵猛飞，心塞的是，这回它还没飞顺畅，就又被叫停了。

“小答应！慢些慢些，我突然想起，还有些贴身之物忘了拿……”

勺儿猛然停下，狂怒：“你还走不走了？”

这怒归怒，勺身却稳稳当当地转了方向。灵九儿盘腿坐着，微微倾身，探出一只手拍了拍勺边：“走的走的，你别生气啊……”

如此一番折腾，这小一日也就过去了。

再有，天界有许多个下凡的屏口，只要从那些出口下去，是可以选择落地地点的。灵九儿折腾完之后，终于摸着黑溜到了一处屏口，她掏出从天书那里借来的书，仔细看了许久，才挑好一座繁荣的城池，若不出意外，还能赶上人间端阳节，感受一波节日气氛呢。

灵九儿将勺儿揣进兜里，一切都准备妥当后，闭眼，口中念念有词，片刻，便原地消失了。

神奇的是，刚消失了一会儿，她又回来了，站在屏口旁挠挠脑袋，重新念词。

这接下来的两日，便是如此往复的，念词，消失，回来；再念词，再消失……

织梦坐在自家宫殿里，手边茶盏中的茶水晃了又晃，虽震动是极其细微的，可晃来晃去，她也不堪其烦，抓起杯盏，一口将茶水给喝尽了。

“帝尊，九尊主在屏口迷路两日了，总落不到指定地点，需不需要派人过去给她指指路？”

师音半月前便下凡历劫了，他如今凡人之躯，只能在神识圈里同织梦传传音，他回道：“无妨，让她自己折腾。”

天上稍有地位的仙神要下凡，天屏都会发出信号，如师音上回下凡尘，整个天界都撼动了三分，而灵九儿这样的，也就只是织梦杯中的茶水荡起几条波纹罢了。

虽然响动极其细小，可若持续了两日，那也是煎熬的。织梦扶额，头疼了半晌，这位九尊主三日前明目张胆地去莲池拐走彩灯时，要私自下凡的消息被她听了去，她第一时间便告知了师音，无奈自家帝尊根本没有要拦人的打算，只是吩咐道：“随她去吧，近来她总躲着我，去凡间磨砺一番也好。你去找我二哥哥，借两个小武官化身跟着小九姑娘，莫要出什么岔子。”

然而，两日过去了，那两个小武官，此时正藏在灵九儿身后不远处的石墩后，已经肩靠肩，头抵头地睡过去了。

灵九儿蹲在天屏旁，手中捧着一本厚厚的绿皮书细细琢磨，也不知是哪里出了错。她想落定在锦州城，可每回念了口令，下去之后不是在荒无人烟的山道，便是在黄沙翻飞的贫瘠之地，可视范围内一个活物都没有的那种。

翻着翻着，突然身后响起一道透着三分熟悉的声音：“神君，快看那里！就是她砸了您的瓜皮，那日她跑的时候，我瞧见了背影……”

灵九儿周身一颤，头都不敢回，情急之下胡乱念了一串口令，抱着书又原地消失了。这回她可不敢再回来，只能落哪儿算哪儿。

到此，织梦总算是能清净了，她顺手化出两颗小豆子，托在手中往殿外一扔，那两颗豆子刚飞出便消失了。须臾后，小豆子从天而降，砸在了那两个小武官的头顶上。

“跟上去。”织梦传音道。

两个小武官手忙脚乱地起身，拎着武器紧随灵九儿去了。

灵九儿最后一次落地，还是落在了草木繁茂的山腰小道上，好在这回她刚落地不久，便遇到两个挑着担子上山的农夫。她兴冲冲地凑过去，问：“两位大哥好，打搅了，请问锦州城怎么走？”

那两个农夫将她上下打量了一番，其中一个率先开口回道：“这位道长，这里离锦州城不远哩，朝南边一直走，经过山下的村庄，再徒步小半日就到了。”

“多谢多谢。”

灵九儿躬身道谢完，正想转身朝山下走，那农夫又将她叫住，表情颇为神秘道：“道长，独自走山路，可要多加小心，俺们村里最近都传，说这山上有吃人的妖，专挑你这样面容白净，独自来山上静修的小道士去吃嘞。”

灵九儿心想，《六界录》上不是说过，道士最擅长捉妖了吗？如何还能叫妖给欺负了，她没放在心上，同两位农夫大哥再次致谢后，撩撩道袍，哼着小曲儿沿路下山去了。

这次运气还算好，落定的地方离锦州城并不远，灵九儿心情难得明媚了许多。这山间鸟鸣风清，下山也轻快，沿着小道拐过几道弯后，她正溜得惬意，却陡然撞上一队人马。不，她定睛一看，那哪是人马，明显是一群长相怪异、头顶犄角的小妖怪呀！

那群妖怪中间还簇拥着一个身形板正、模样清秀的道士，周身都被绳子给捆住了。

我的天，果真是世道变了，道士不捉妖，反被妖吃呀。

对面小妖怪们原地石化了片刻，数双眼睛直愣愣地扫射过来。灵九儿心中蓦地一沉，经先前两位农夫大哥的提醒，她反应极快，转身拔腿就跑。

只是上头说了，那是群妖怪，自然是会妖法的，灵九儿提脚没跑上两步，就被两个鹿头人身的小妖给闪现拦了下来。

“哟，大吉大利，今晚能吃两个道士啊！”其中一只小妖兴致高昂。

灵九儿佯装镇定，高声道：“你们这群小妖，知道我是谁吗？就敢吃。”

“像你这样的小道士，我一口能吃三个！”身后一妖怪开口了，看站位，似乎是个管事的。

本想着不惹事，毕竟是从天上偷跑下来的，这刚落地便暴露身份，不妥当，况且那位养瓜的神君还在四处捉她，更不宜招人瞩目。

无奈撞上这群要吃人的妖怪，非逼得她出手。

灵九儿一个转身，叉腰回怼：“哼！像你这样的小妖怪，我一拳能打十个！”

“哎哟喂！”那小妖怪摇头晃脑地上前来，指着自己的脑袋，“来来来，你朝这儿打，你打个试试，我给你十个拳头，打不倒我，今日你便是我哥儿几个的下酒菜。”

这话一出，周围一圈妖怪都笑开了，个个咧嘴獠牙的，丑得很。

灵九儿顿时一噎，叉腰的手慢慢放了下来，气势不自觉便弱了几分。

说起来她这点修为，在上清天那样灵气源源不断、取之不竭的地方，都派不上什么用场，更别提在这山间野外，一拳头下去没准就是给小妖怪挠个痒。

见她呆站着不动手，那妖怪双手叉腰，回身得意道：“来呀，小的们，将这说大话的道士给我绑了，带回去熬肉汤！”

三两个小妖上前来便要动手绑人，说来灵九儿修为是不高，可她有勺儿呀。她顺手从兜里掏出来，捏在手中，高高举起道：“谁敢过来，信不信我一勺一个小妖怪，打到你们爹娘都不认识？”

汤勺儿？

这一下，唬得那群妖怪一愣一愣的，还是那个管事的反应快，气道：“怎么，一柄勺儿也怕？给我上……”

话还没说完，灵九儿手中的勺儿陡然变大了数十倍，如山间耸立的松木一般，直直地立在地上。

“这这这……这是仙器呀！”小妖怪还跑得挺快，瞬间躲在那名管事的身后。

灵九儿面上一喜，双手握着勺柄，勺起勺落，“嘭”的一声将妖怪们身前的山道给砸出个巨型泥坑，吓得那群小妖抱作一团，瑟瑟发抖。

这样还不算罢休，灵九儿一手挥勺，一手又将彩灯给唤了出来，身体巨大、仙姿丰腴的大鹅盘旋于半空，两圈绕下来，将那群小妖怪刮得如同飓风之下的秧苗，东倒西歪。

灵九儿杵着勺儿，原地化去道袍，现出真身，一袭轻盈的水粉色轻纱衣裙随风飘逸，这等绝色，看呆了那一地模样丑陋的妖怪们。

“这是……这是仙女入凡，仙女入凡了……”小妖们喃喃着。

灵九儿喜滋滋地哼了一声，随后将彩灯唤来手边，翻身坐了上去。她驱使彩灯缓缓落到一棵松木旁，将倒在树下的那个被小妖们五花大绑的道士一把捞上了鹅身，横担于身前，随后又腾飞于半空中，再加两阵狂风，吹得刚刚稳住的妖怪们又骨碌碌滚翻在地。

那道士腹部朝下，整个人横担在彩灯柔软的鹅毛之上，周身紧绷，一动不动。

灵九儿将勺儿扛在肩上，腾出一只手去拍拍他的背，安抚道：“别怕，我是天上来的，不会害你。”

道士默了半晌，才轻声应道：“嗯，我不怕。”

灵九儿放下心来，驱着彩灯又绕了一圈之后慢慢靠近地面，抬着手中的勺从地上挖起一个小妖怪，吓得那小妖倒在勺中哇哇大叫：“仙女饶命，仙女饶命……”

灵九儿二话不说，反手就将它送进之前敲出的泥坑里，冲余下的小妖们示威道：“我今日要将你们一窝埋进坑里，现在给你们两个选择，自己爬进去，或者是我一勺一个给你们挖进去……”

闻言，那群妖怪扑在地上，跪了一片，求饶声四起：“仙女饶命！”

这番画面在灵九儿的心中引起了极度舒适，她眉梢一挑，将勺儿变回手掌大小，反手插在了发髻上，随后扶着道士从彩灯身上滑下来，小手一挥，将大鹅收进了乾坤袋。

她一边解道士身上的绳索，一边问那群跪地的妖怪：“如何，我能打到你们爹娘都不认识，可还有不信的？”

惶恐妖管事：“信信信，仙女自天上来，神力无限，我等小妖哪敢造次……”

“可是……”此时一道弱弱的小孩儿声音将妖管事给打断了，“我……我们没有爹娘。”

灵九儿顺着声音看过去，竟是跪在不起眼角落里，一个头上长着一对鹿角的小妖在插话。她将手里的绳子一扔，上前两步应道：“那我就把你们一勺一个敲进土里，当萝卜养！”

话音方落，那小孩儿竟仰着头，盯着灵九儿看了片刻，然后小嘴一张，“哇”的一声哭了。离小妖最近的那个大汉身形的是个水牛精怪，他连忙爬过去捂着孩子的嘴巴，吓唬道：“你别哭，再哭小心仙女将你绑去做下酒菜！”

“喂！”听到这里，灵九儿不干了，“搞清楚好不好，是你们要吃我……还有这位道兄，这绳子一解就不认账了？”

那小鹿妖挣开水牛的手，边哭边道：“我们从不吃肉，只有你们做人的，什么都吃！”

灵九儿这个气呀，就刚刚她还没亮武器之前，可是这群妖怪张牙舞爪地要捉她去熬肉汤，这会儿才过去多久呀，就不认了。

“你你你……你哭什么？”灵九儿站定在那小妖跟前，“你们要吃我，我还没哭呢，别以为弄个孩子往这掉两滴眼泪，我……我就会心软。告诉你们，那不能够！”

这么一唬，小鹿妖哭得更伤心了。

那个被救下的道士倒是一点也不惊慌，自绳索解开后，便站在原地没动过，一身青灰色的道袍自上而下，不知何时已经被规整得服服帖帖的。灵九儿绕着那群妖怪走了一圈，返身回来站定在他旁，商量道："道友，我有个提议不知当讲不当讲。"

"姑娘请讲。"道士两手握了个太极阴阳印垂于身前，朝她微微倾身作礼。

灵九儿一双眼睛四处转了一圈，道："这群吃人肉喝人血的妖怪，迫害百姓死不足惜，今日我挖坑，你填土，将它们一窝埋了，道友意下如何？"

那道士面目平和，淡淡回绝："道法自然，万物随性，姑娘，你既是天人，便不该杀生。"

灵九儿眉头一蹙，满脸疑惑："道友，你莫不是糊涂，它们是妖，先前还要吃了你呀！"

"妖亦有灵，生于世间，便该有它们的生存法则，"道士缓了缓，又道，"若它们今日真将我炖了，也是我的命数。姑娘自天上来，神姿卓然，不该为救我一介凡人而杀生，坏了天运。"

太磨叽了，说半天，不就是"不能杀"三个字的事。

灵九儿退开两步，这才将身旁人的面容瞧真切，那双眼睛生得很漂亮，深邃幽暗间夹着一点白光，视而有情，历经了一场劫绑，束发也依旧平顺，发冠端正，挺拔鼻梁下的薄唇轻抿，颚间轮廓还未完全长开，瞧着约莫十八九岁的样子。

她瞧了片刻，突然题不对意地问上一句：“道友贵姓？”

“免贵姓齐，名八角，”道士又冲她倾身作了个礼，“锦州齐家坊人氏。”

八角？

灵九儿一愣，脱口而出：“你家中是不是还有个兄弟，叫葱姜啊？”

那位自称八角的道士弯眼一笑，回道：“家中不曾有兄弟。”

他顿了片刻，又道：“不过有个小妹，唤作香叶。”

“呵呵……”灵九儿礼貌性地笑了笑，“你家长辈当真是自然又随性啊，莫不是祖上是做厨炊一业的？”

“那倒不是，只不过是父母居家，甚是喜欢下厨罢了。”

“原来如此。”灵九儿对他的名字没了兴致，转而将视线投到那群依旧跪地的小妖怪身上，“行吧，今日你我山间相遇，也算有缘，既然你不愿杀生，那便算了，挖坑是我，填土是我，杀生自然也算我……”

“仙子饶命啊！”先前那位妖管事突然爬上前来，那张丑陋的马脸上挂满了委屈，一看便知是个马精，它跪在灵九儿身旁，痛心道，“我们妖有苦不能言，但有一事今日不得不同仙子明说。如今我们这些妖，都是一群好妖，从不杀生，更不会残害人命。咱们皆是食草系的底层小妖，从未害过人命啊！”

光天化日之下，都公然绑人了，还说没有残害人命？

灵九儿气不打一处来：“怕死也不是你这样怕的，扯谎也要走逻辑的啊。先前我就遇到两个农夫，说这山上有吃人的妖，你当我好骗？”

“天地可鉴！我句句属实，仙子若不信，你便下山去问问，看这方圆百里内，可有一人在此山上丧命？”

那日，灵九儿当真就被管事的马精给说服了，她虽没有下山去查证，却放了那群小妖，还随着它们一起上了山。

上山之前，她特意问了问那位道士："八角兄，如今你安全了，早些下山回家吧，今日遇见我一事，可否不同别人说？"

齐八角眼眸含光，看着她道："姑娘放心，我也要上山，没个一年半载，不会下山。"

"你上山做什么，山上都是妖怪，你不怕啊？"灵九儿疑惑。

"有姑娘在，我不怕。"齐八角边说边抬脚往前走，"此山顶上有一座道观，因多年没有供主，废弃了许久，我既入了道家，便不能看着一座道观白白消失于世间，我要上山修缮道观。"

这番话……竟说得她无法反驳。

一旁的马精立刻凑过来献殷勤："道长，我知道那道观在哪儿，您随我们一起走，必定将您平安送到，还有些瓜果、咸菜什么的，一并送给道长装点供桌。"

其余小妖附和：

"今日正好收了甜瓜。"

"顶上那片菜地，发了菜芽，嫩得很。"

方才一直哭的那个小鹿妖知道自己不用被土埋了，跟在其他妖怪身旁，蹦蹦跳跳道："还有野果，我知道哪棵树上的最甜！"

"啊，如此，那我便先谢过众位了，"齐八角说完，扭头冲灵九儿小声道，"姑娘你看，这些妖怪也不坏的。"

这一仙一人一群妖，就这样浩浩荡荡上山了。

这座山名叫崂山，灵九儿还是十分熟悉这个名字的，当年她还未修出真身时，便是在这山脚下的一处低谷中吸收天地精华，虽灵识混沌，可这山间气息她还是比较熟悉的。先前在上清天时，也听那两个道士说过，这里曾经妖物作怪，那位灵宝帝尊曾一剑将此山劈作了两半。

在半山腰时，盘桓小道上看不出山的全貌，可越往上爬，越能感受到变化，不光温度越来越低，刮来的北风也越来越凌厉，还有弯道越来越短，这说明山体越来越窄了，偶尔走过两个弯，还能看到被劈开的那条地缝，垂直、幽深，一眼望不见底。

“就快到了。”马精喘着气，粗短的指头指向不远处，“仙子请看，那些山地都是我们花了好多年时间才开荒出来的，平时用来种些蔬果，以便寒冬来临时填饱肚子。”

灵九儿顺着那根指头看过去，当真看到一块块斜在山坡上的田地，里面绿油油的，全是绿茵。

难道真是误会了？

“你们当真只吃素？”灵九儿怎么就这么不相信呢。

那马精解释道：“当然是吃素了。仙子见过世间有马、牛、鹿、兔之类的动物会吃肉吗？”

这一群妖怪，放眼望去，还真没有哪个是吃肉的。

灵九儿踢开拦路的一颗小石头，问道：“那你们绑人做什么？”

“事到如今，也没什么能瞒仙子的了。”那马精又挂上一脸委屈样来，

“想仙子是从天上来的，应当知道当年天上一位帝尊姥爷那一剑劈山的事情。在那位帝尊没来之前，这山还是一座完整的山，山上妖孽横行，有好些个凶神恶煞的妖王在这里住着，它们不光吃人，还吃我们这些法力低微的小妖，那日子过得苦不堪言，直到帝尊下凡来收妖，将那些吃人的怪物都降伏之后，我们这些底层的良妖才有活路可走。本想着好日子来了，若将这片山都开了荒，一整年都不用愁吃喝，可我们哪里能想到，那些肥沃的土地竟也让山下的村民觊觎，这一年一年过去，山下的土地我们让了出去，慢慢地，山脚的、山腰的土地，都叫人抢了去，我们一退再退，退到了如今仅剩山顶下的这几亩地了，若再退下去，冬天一来，山上能吃的东西少了，大家都得饿死，所以我们才想了这么个笨办法，隔三岔五地下山，沿路抓几个瘦弱落单的村民，绑来山上一顿吓唬，再装作不知情，让他自己逃走，这样逃走的人下山去便会散播谣言，山下的村民们就不敢再往上面来了。”

“对了，”马精回身瞅瞅身后默默跟着的道士，“这位道长也是独自上山来，正好碰到我们下山，这才……”

话到此处便没再往下说了。

灵九儿听完这通解释，心中难免有些五味杂陈，果真是这世道变了，道士不捉妖，反被妖捉，妖不吃人，反倒叫人步步紧逼，退守在这山峰之下苟活。

“整了半天，误会一场。”灵九儿拍拍衣裙，“既然你们没害人，更没有害人之心，又何必对村民们如此退避三舍，难道就不能和平共处，让大家都过得舒坦吗？”

此时正好走到一块萝卜地旁，马精两条短腿一蹦，跳到地里拔起两根小萝卜，拧去绿荫，擦去泥土，给灵九儿和齐八角各扔了一根。

“仙家在天上，鬼有鬼界，魔有魔界，他们都有自己的家，唯独我们妖和那些没有修炼成妖的动物，只能在这片土地上同人一起活着，这世上到处是人，他们才是大地的主人，如何愿意和妖物共存？”

灵九儿接过萝卜，拎着细看了片刻，个头比在天上人间售卖的那些萝卜足足小了一大半。她心下一软，道：“话别说满啊，办法总是有的。”

“仙子真有办法吗？”马精双目一亮，“百年前，我们这群小妖也是有一个领头山主的，他下山一趟，总能想到办法给大伙带些新鲜蔬果。自老山主逝世后，那顶上的道观也荒了，冬天救济的蔬果也断了，若仙子能想办法救救我们这群可怜的妖，仙子便是这里的第二任领头山主，我们都供您差遣。”

领头山主？

这名头听起来似乎很是响亮啊，想她在天上，虽也是个尊主，可哪有什么能差遣的人，全族上下就她一人，还日日在莲池扫地洒水，打杂为生，如此一想，这个山主的名头还是很合她意的。

“好说好说，寒冬来临之前，我一定让你们这群小妖怪存够余粮！”

承诺就这样一句话，轻轻松松抛出去了。

灵九儿答应替小妖们想办法之后，自然而然是要在这里住下来的，可这整座山头最能遮风避雨的便是山顶上的道观了。

她还犹豫时，一旁许久未说话的齐八角开口了，他轻声道：“那道观虽荒废了多年，但是简单暂住一下还是不成问题的，观里如今没有供主，我前去修缮，也还未想好要供奉哪位天神，不会打搅……”

这后面的话，灵九儿一个字都没再听进去了，先前听齐八角说观里没有供主，她都不曾想起什么，这第二遍来听，突然就想起许久之前，她第一次去寻梦渡时说过的话。

“官爷，问个不怕您笑话的问题，我做神官不久，凡间无人供奉，我可否自行下凡，为自己建宫立庙？”

“这个……你若是想做，也不是不可以，不过建宫立庙后，该叫凡人供奉你什么呢？凡间供奉神官皆有缘由，求子、求财、求平安，求仕途无量、求……”

“同我求美貌呀，听兮姻说，我这等姿色，在上清天是无几人能比的，若要凡人供奉，我也就这张脸还能拿出手了。”

自行下凡，为自己建宫立庙……

灵九儿一拍大腿，恍然大悟！此时此刻，不就正是天赐的大好时机吗？顺理成章住进观里，有了她这么个貌美如花的仙女在此，不供她供谁？

只是回忆起寻梦渡那些画面，仿佛是上辈子的经历了，那个叫师师的打杂神官，温柔敦厚的模样，轻言温语的声调，像是隔了好远好远。

冷静了这些时日，灵九儿偶尔会细思极恐，想着师音如此有钱有地位的一个帝尊，为何待自己这么好。思来想去，飞花仙子也是，突然之间待她亲近了不少，还有织梦、兮姻、天书，如今想来都是反常的，天上每日都有无数新飞升的神官，少不了有些在凡尘便是王公贵族的大人物，也不见他们日日追着去，只有她，个个都待她很好，要什么都给，说什么都应承，这些与寻常神官天差地别的待遇，难道不是都在惦记她这身细皮小骨吗？

伤心，真是想起来心都揪得难受。

灵九儿甩甩头，暂且将那些烦心事抛诸脑后了。

美颜圣手

灵九儿下凡后打着“美颜圣手”的招牌给小妖怪美颜。
营业中
一通捣鼓
完美，下一个。
来了！
完美，下一个。
一通捣鼓
啊~好帅好帅好帅！

第十章

这里只够我一个人睡

◆

JIUGUSHU

去到道观里，灵九儿四处转悠了一圈，这是座青砖灰瓦的小院子，主殿是供奉神明的，两边是偏殿，拢共两间能住的屋子，其中一间还因为年久失修，墙体垮了大半，四处漏风。

此时日头已经偏西了，小妖怪们都忙着收最后一波甜瓜，将人送到道观后，都下地干活去了，独留灵九儿和齐八角，一仙一人，四处晃悠。

说是晃悠，也就灵九儿独自在晃悠，齐八角挽起宽大的道袍袖子，正四处敲敲打打，多番查看。

末了，他理理衣袖站在灵九儿身旁，道："这观太久未打整了，南边的屋子塌了一半，一时住不了人。"

"是啊，"灵九儿假装不经意地提道，"就一间屋子能睡。"

闻言，齐八角扭头过来，一双眼睛柔柔地看着她道："姑娘若是不介意……”

灵九儿心里一个“咯噔”，连忙打断道：“介意，当然介意了，这个……这个我还是非常介意的。”

“啊，抱歉。”他倾身致意，“我险些忘了，姑娘是天上来的仙家，历经飞升，定然也是道家信士，就算如今主殿并无供奉，也断不能容忍我一介凡人与将来要供的神明共枕一室，是我唐突了。那今夜便扰姑娘一夜，我们一起睡在北屋吧。”

啥？

你都要和我睡一屋了，我还会介意你和我将来的神像睡一屋？

灵九儿想了想道：“不是，八角兄，我不是那个意思……”

不等她话说完，齐八角抽身而去，径直去了北屋，边走边自语道：“北边晚上必然会冷，得去捡些干柴，燃个火才好……”

说着，人就从北屋晃了一圈出来，又径直走出了院门，背影渐渐消失在落日黄昏之中。

见状，灵九儿呆站在原地，哑了半晌。

晚间，齐八角在院子里燃起火，待火焰灭了之后，他找了个火盆，将燃得通红的木炭放进火盆端进屋里。

灵九儿正盘腿坐在床铺上，手里捧着那本绿皮书瞧得仔细，见他推门进来，手上动作一滞，随后假意松动筋骨，两腿一伸，暗戳戳地示意床小，只够她一人睡。

哪知那齐八角将火盆放在床边后，竟两腿一抬，爬上了床。

灵九儿瞬间将手里的书一扔，磕磕巴巴道：“你你……你干什么？这床只能睡一人。”

齐八角正俯跪在床上，闻言，他动作一顿，缓缓扭头道：“姑娘误会了，我拿些被褥，去地上睡。”说着，他抬开床上的一块面板，从床下的储物箱子里抱出两床褥子来。

灵九儿顿时噎住了，灰溜溜地缩到一旁，重新拾起绿皮书，将脸挡得严严实实。

一旁，齐八角手脚利落地铺起床来，边铺边平心静气道：“姑娘尽管放心，虽同处一室，不过姑娘乃是天上的仙子，谁也不敢垂涎。况且我早已归了道家，整日钻研道法，清心寡欲，女儿家在我眼中，如同存世的百灵鸟，貌美声甜，不过可爱罢了，绝不会生出别的心思。”

“那……那就好。”灵九儿随口应了一声。

此时，织梦正在自己的床榻上睡得香甜，陡然头顶上的小圈猛闪了一下，冷不丁地将她晃醒。

是凡间那两个小武官发来的汇报。

“神君，我等暗中在九尊主身边跟了一日，并无大事，不过一群小妖闹事，被九尊主独自出手摆平了，现下凡尘入夜，她同一男子入了屋，准备歇了。”

什么？同男子共处一室，还准备歇了？

织梦心中很是震惊，她猛地起身，急匆匆地给师音传了话：“帝尊，大事不好了！大晚上的不是我要打搅你入定，是九尊主去了凡尘，仅仅一日便被一男子诱骗，现下都共处一室，马上要歇了！

“帝尊给个明令来，我立马下凡，将那男子一顿暴打，打到他哭爹喊娘。帝尊、帝尊……帝尊，你说话呀！”

半晌得不到回应，织梦穿衣下榻，急得满屋打转。

那可是他们虚吾大殿未来的帝后，区区一介凡人竟也敢对九尊主觊觎，这帝尊好不容易等来的姻缘，若叫一个凡人给耽误了，看她不将此人给大卸八块！

织梦冷静了片刻，正决定私自下凡去插手此事时，神识圈里幽幽传来自家帝尊的两字回应：“是我。”

齐八角本是在铺床，陡然脑中一阵叫嚷，刺得他脑仁儿疼，缓了好一会儿，他才赶紧传出去两字，先将织梦给稳住。

没错，凡间道士齐八角，便是那上清天下凡历劫，集赤子心血的玉清帝尊本尊没跑了。

师音本也没想到会在凡间遇到灵九儿，他这一世的爹娘是个坊间平民，但因祖上传下来的良田过多，吃穿不愁，整日沉迷于美食研究，倒从不过问他是出家还是入道，所以他才能安安心心地跑来山上，打算在道观里清修。

哪想竟让这群妖怪给绑了，不过他也能看开，不及弱冠，英年早逝，又不妨碍他取心血去赎罪，早死早解脱，还能早日见到小九姑娘。

被绑的那一路上，他碎碎念了许多句：“各位妖兄，你们要吃我，我是没有半分意见的，我不求全尸，只求个痛快，这下刀之前啊，劳烦各位顺手将我打晕，最好能一刀致命，少些苦楚……”

那只小鹿妖在旁边听了，一路上咯咯笑个不停。

后来，半山腰上撞见灵九儿，她现出真身将他给救了，一直折腾到了现在，他都没来得及和织梦通口气。

师音将床铺打整好，这才继续传音道：“织梦啊，同小九姑娘在屋里的男人是我，你别着急，这事我一时说不清楚，回来再与你细说。只是早前我就告诫过你，遇事不可焦躁，你看灵文，他从不会张口闭口就要打人，咱们是天神，脾性该收敛还是得收敛一些的。”

织梦目瞪口呆。

高手，这是高手。

悄无声息、不知不觉、一声不吭地就把大事给办了，果真收敛。

织梦自丹田处深深压出一口气来，和蔼回道：“是，谨记帝尊教诲。”

末了，她踱步到桌前，思虑了片刻，又传音道：“既然如今有帝尊您亲自陪在九尊主身边，那派下凡的两个小武官，我是不是可以叫他们回来了？”

织梦心想，日日有两个隐了身的神官跟在身旁，难免会不自在，哪知那边默了半晌，缓缓道：“武官……暂且先留着吧，借都借了，不用反倒可惜，如今我凡人之躯，就算小九姑娘不用保护，留下来照看照看我，也是可以的。”

虽说活了七万年，早已经看开了生死，可真到要死的时候，比方说白日里被那些小妖怪给绑了，什么熬汤、清蒸、红烧，听了难免会慌，毕竟这肉胎凡体，怕疼是真的。

另一头的织梦还以为是自己慌神过头，听错了，特意施了个小法术，将传音化成文字来细看了一番，这才确信了心中所想。

原来他们这位帝尊，竟也会怕死。

当晚，灵九儿捧着绿皮书专心钻研如何在道观里供奉一位天官的神像，无奈书中那些口令、术法实在复杂，这钻研着钻研着，迷迷糊糊就睡过去了。

师音同织梦结束传音后，便一直在收拾出来的床铺上打坐，直到身后传出浅薄均匀的呼吸声，他才睁开眼回身，见床上的人睡得安稳，这才起身去帮她盖上被褥，再顺手压了压边角。

师音的睡眠向来很浅，在天界也是如此，半夜，屋里的火已经完全灭了，四周漆黑一片。突然，一声轻微的响动将他惊醒，还不等他有所动作，身边的被褥子便被掀开一个小口，软乎乎的小人儿钻着钻着，竟钻到了他怀里，探进来的那只手，凉得如同覆了一层冰霜。

想来应该是灵九儿睡梦中踢开了被子，冷得四处摸索，掉下了床。

师音将那只小手攥在手心里，将她整个人往怀里拉近了几分，如此，一夜好眠。

可怕的是第二日，从灵九儿睁眼开始，胸膛、锁骨、喉结、下颌……

一路往上看去，入眼的是齐八角那张俊生生的脸蛋，灵九儿下意识小手一抖，竟发现根本抖不起来，再低头一看，手还被人紧紧攥着。

我的天，这个人面兽心的登徒子。

灵九儿实在没忍住，起身便狠狠踹了他一脚："我去你个臭道士，你清心寡欲个鬼。”

师音有许多年未曾睡得这么安稳了，本还在睡梦中，却突然被一句极不悦耳的叫骂声给惊醒了，随之感觉到胯间传来隐隐痛楚，他猛地睁眼，入眼的是抡着拳头正要捶他的灵九儿。

“姑娘，冷静，”师音急忙抱着被褥往后缩了缩，“这平白无故的，为何要对我拳脚相加？”

灵九儿气冲冲地收回拳头，道：“你趁我睡着，竟敢爬上我的床，我看你是活不长了，今日我便要你尝尝我家小答应的厉害！”说着，她就要去兜里掏勺子。

师音暗自扶额，连忙阻止道：“姑娘，先别亮武器，你且看清楚，此时你我都在地上，何来爬床一说？”

地上？

经他一提醒，灵九儿回身一看，床在身后，而她正踩在别人昨日才铺好的地铺上。

“是我爬了你的床？”灵九儿虽吃惊，但根本不信，“那不能够，你……你方才还攥着我的手，一定是你先动手的！”

师音缓过神来，慢慢起身将被褥铺平整，回道：“姑娘误会了，的确是你先动的手。”

“不可能！”

“有什么不可能呢？姑娘看看你的被褥，都踢到床下去了，这半夜寒风肆虐，周身一冷，翻下床来，探个暖和的地方使劲钻，这也是有可能的。我虽入睡梦，可……”

“好了，”灵九儿突然将他打断，“你别再说了。”

灵九儿音量突然弱了不少，经人一提醒，她恍惚间竟然真有那么一丢丢印象，说不准还真就是自己爬了别人的床，这再不打断话题，她可就要吵不赢了。

“我仙人有大量，不同你计较。”灵九儿小脑袋一抬，轻飘飘道，“昨日那群小妖怪实在可怜，我想了半天，想到一个法子，不光能养活妖，还能将八角兄也一起养活。”

“什么法子？”

“在这间道观里，供奉我的神像。”

师音正掀开床上的面板，打算把叠整齐的被褥放进去，闻言，他假意吃惊道：“供奉……姑娘的神像？”

灵九儿凑近他几分，补充道：“对啊，我是天女，若观里供奉了我，上天必定会降下福泽，庇佑这片山地，只要土地肥沃了，那地里的萝卜能再长三倍，到时候大家还能愁不够吃吗？”

师音这回是真吃惊了。

见他脸上这神情不太对劲，灵九儿扑哧一笑，欢快道：“傻了吧，我是骗你的，想要上天的福泽，哪有那么容易。”

这回，还不等师音有所反应，灵九儿一个转身，踱着小步细说道：“我们首先将这道观里里外外修缮一番，然后在主殿供奉上我的神像，吸引这十里八乡的村民们前来朝拜。不说朝拜时送来的果子粮食多不多，光是奉上的香火钱，都足够咱们吃香喝辣了。”

另外香火还能化为功德，她作为神官的经济地位也会往上涨，这简直就是一石三鸟之计，她可太聪明了。

这话，灵九儿藏在肚子里没说出来，独自暗喜。

到此，师音面上的神情松缓了许多，他缓缓问道："不知姑娘打算如何吸引村民前来朝拜？这道观破败了多年，想要重新热闹起来，可并不容易。姑娘的策划岂不是白费心思。"

"这个我早就想好了。"灵九儿应道，"世人皆有爱美之心，奈何皮相源于父母，不可选择，这淡斑祛痕、嫩肤美白，我统统都有法子可治。"

灵九儿说完，生怕齐八角不信，以为她在自说大话，于是跑出道观，将那管事的马精给拖了回来："那个，马……你可有名字呀？"

"有有有，"马精连忙回道，"我叫马来，在这儿也待了两百余年了，幸得大家伙拥戴，管着些大小杂事。"

灵九儿点点头："是这样的，马来管事，你能不能……变个人来给我瞧瞧？"

她心想，好歹是修炼成精了，再怎么低微，这点小法术肯定是会的。

哪知那马来管事一听，顿时支支吾吾道："这个……说了也不怕仙子笑话，如今我这人身马面的，还能入眼，若变了人，实在太丑，怕吓到仙子。"

"无妨无妨，我心中有想法，马管事尽管变就好，不必多想。"灵九儿摆摆小手，一副什么世面都见过的样子。

闻言，那马来管事扭捏了片刻，口中默念了一串口令，幻出了人面。

当真是丑啊，那形如鞋拔子的脸上坑坑洼洼一片，如同嵌满芝麻的大饼被一颗颗挑去了芝麻的模样。

师音立在一旁，顿时也被辣了下眼睛，早前便听闻动物成精，想要修得上好的容貌难如登天，可这也实在太丑了。

灵九儿没忍住，闭了闭眼，顿了片刻才道："马管事，我知道这深山老林里，有一种树能生出胶汁，将那汁取来熬浓稠，晾干之后极有弹性，若制成面巾，日日佩戴牵拉，能将你的下巴拉回去一些，这样脸形能好看许多。"

"那胶汁我见过。"马来颇有疑惑，"不过仙子说的方法，我倒从未听说，可当真能瘦脸？"

灵九儿肯定道："能的能的，你且先照我说的试上一段时间，明日你再过来，给我带些绿豆，若有新鲜牛乳也带些过来。"

这些话听起来虽有些云里雾里的，可马来第二日还是踩着点过来了，还带了两捧绿豆，一小罐子鲜牛乳，说是隔壁牛大妈现挤的。

灵九儿很是满意，她又要了个小石磨，将那两捧绿豆反复碾压成细粉状，最后把绿豆粉和牛乳搅拌成糊状，薄薄一层抹在了马来管事那张长脸上。

"马管事，你今日出去，便叫其他妖怪都幻出人形。"灵九儿边涂边道，"不管美丑，一个一个来我这里候诊，有我在这儿，多丑都能给你们磨出个样来，毕竟以后若这观里香火旺了，人来人往，你们一群妖怪总归是没地方躲的。"

马来只感觉脸上一阵凉爽，还散发着淡淡的奶香，他不敢动，只好悄悄咽了咽口水，回道："不瞒仙子，我们这群妖怪是很喜欢化身为人的，奈何变出来实在太丑，自己都看不下去，这才顶着原本的脸面，若仙子有这神功，我们自然都愿意配合。我还有个义弟，那模样也是奇丑无比，他叫西亚，一会儿我先叫他过来，仙子好有个准备。"

闻言，灵九儿小手一抖，竟还有更丑的。

待送走了马来，灵九儿全身一松，拍拍手冲一旁看了许久的师音道："八角兄，你就耐心瞧着吧，不出半月，这一山的妖怪都会变好看，到时候他们会成为我最得意的作品，咱们道观的名声将由他们散播到山下，不，是方圆百里内的村民们，不愁没香火。"

"姑娘的手艺，我自是相信的。"师音立得笔直，淡笑道，"不过既然是要供奉，姑娘能否告知我名号，我好提前打造神像。"

每一位神官都有名号，大多是立过功，受天帝赏封的，不过也有一部分小神官，自己取了名号，享着少数信徒的香火供奉，日子过得十分清贫。

师音自然知道灵九儿没有名号，所以这才出言提醒，让她自己去想个名头来。

不想灵九儿竟根本不在意什么名号，实诚道："我在天上没什么名号，我见人间的医书上有记载，多有名医称自己为圣手，那就叫我美颜圣手吧。"

师音一愣，问道："姑娘确定吗？"

"确定啊。来，给你也糊一点。"

灵九儿专心地将剩下的那些绿豆糊抹在两只手上，见还剩下一坨，本着不浪费的原则，便用手扣起来，准备往齐八角脸上抹。

那张脸，五官俊逸，皮肤细腻白皙，这让还没完全从马来那张脸里走出来的灵九儿，瞬间觉得如沐春风。

这绿豆糊给他用，实属浪费。

灵九儿盯了他一会儿，讪讪地将手给缩回来了，还是再往自个手上涂一层吧。

晚些时候，那位马来的义弟风风火火地冲进道观，一见灵九儿便嘿嘿嘿傻笑开了："听我哥哥说，仙子会捏脸，能帮我变好看？"

灵九儿一抬眼，险些将刚入口的清泉给喷了出来。

这两人若说是亲兄弟都没人敢有意见，一个脸长，一个脸宽，面前这位修成的妖，两边下颌突出，整张脸四四方方的，极为匀称。

灵九儿缓了口气，纠正道："不至于不至于，我不过是施以外物，稍加改善，略作修饰罢了。"

自那日之后，山上的小妖怪们个个都变了人形，那一张张脸上不是坑坑洼洼，便是斑纹满面，除了个别几个眼歪嘴斜的，其余的灵九儿都一个个开了美颜方子，对症下药。

其间，师音找了两个力壮的妖怪来帮忙，花了不到十日，便将南屋坍塌的墙体重新修补好了，而灵九儿则一边给妖怪们护肤，一边派他们伪装成村民，两两一队，每日换着下山，去十里八乡走街串巷，混个脸熟。

"这混脸熟的目的，一是要言明身份，你们就说自己是半年前逃难过来的难民，逃到山顶，发现气候宜居，荒地颇多，便住了下来，全村大概二百余人。

“二呢，就是要多同村民们驻足交谈，让别人将你们的脸瞧个仔细，今日他们有多嘲笑你们的丑，改日便会有多诚心地来朝拜，这里就要委屈大家了。

“第三，若有村民问起山顶上吃人的妖，你们就说没见过，山上风景秀丽，种的甜瓜又大，是个好地方，大家可有听明白了？”

灵九儿站在高高的台阶上，对底下一堆小妖怪罗列了三点要求，那群妖怪个个探头探脑的，很是兴奋。

如此往复六天后，灵九儿开始转变战术，叫之后下山的小妖怪多加了两句话，就说有相貌俊逸的天人在山顶的道观里供奉了一个名叫“美颜圣手”的神女，只要虔心朝拜，同她祈求美貌，必定能得一个秘方，不出半月，容貌便能脱胎换骨。

那些下山的妖怪每日都按灵九儿的方子敷脸，这皮肤一日一日地变化，任谁都能看得出来。

于是慢慢有村民打探：“山顶？那上头不是传闻有吃人的妖怪嘛。”

“哎哟，这种传闻信不得，这座山啊，就数山顶的风景秀丽，我们村里种的甜瓜又大又甜，完全就是个好地方，哪里来的妖怪。”

“你瞧我这脸，前两日遇见你，这鼻梁上的斑呀，密密麻麻，你今日再瞧，淡了没？”

“那道观里供的神女很是灵验，个个都有求必应，我这满脸的坑，全得神女赐的方子，如今脸面不光平整了，还滑嫩了不少呢！”

计划就这样平稳地推进下去，灵九儿倒不着急。

这日，灵九儿蹲在道观的台阶下斗个野蛐蛐，小鹿妖突然蹦到她身旁，笑吟吟地看着她：“仙女姐姐，你生得真好看。”

灵九儿手上一顿，被妖夸了，她竟一点也高兴不起来，因为下凡月余，她胖了许多。

那个小道士齐八角，做得一手好菜，每日太阳照耀山头，他便会起身去小厨房开灶，起锅烧油下食材，爆炒清蒸水焯各种素食，虽不见肉，可一些平平无奇的小菜竟都能被他做得极其下饭。灵九儿还十分喜欢他做的那道小蘑菇熘青菜，味道新奇，入口满齿留香，只要桌上有那道菜，她一顿能下三碗饭。

这一日一日下来，就以肉眼能见的速度胖了一圈。

灵九儿很早就察觉到自己胖了，于是她每日晚间都会化条仙绳出来，绑着彩灯绕着山半腰快走一圈，一日两日三日……半月过去，肥硕的彩灯因为缺了灵气蕴养，整整瘦了一圈，而她……反胖三斤。

心塞，那是没有时间心塞的。

灵九儿当即便领着一群小妖怪，在道观旁的一片空地里挖出一个大坑，挑了无数桶山泉将它灌成了水池，将可怜的彩灯放进去畅快了一番，日日被塞在乾坤袋里，就算不被迫遛弯，也长不健康。

彩灯有了自己的水池，整日傲如贵妇一般，高昂着头，慢悠悠地一圈一圈游荡，周围山地里耕作的小妖怪都笑它是个监工头。

没了彩灯陪着溜达，灵九儿也失去了减肥的兴致，所以这才无聊到斗蛐蛐玩，见那小鹿妖满脸纯真的模样，灵九儿暗自叹了口气，岔开话题：“你个小爱哭鬼，别以为夸我，我就不要你交作业。快一个月了，你幻人形的法术还没学会，小心我敲歪你的鹿角。”

哪知那小妖一点也不怕她假唬，笑呵呵道：“仙女姐姐，我给自己取了个名字，叫鹿鸣，因为我是这座山头唱歌最好听的妖怪。你觉得这个名字好听吗？”

“好听好听。”正巧灵九儿觉得无聊，于是起身让开，“来，爬去台阶上，给你姐姐唱首歌听听。”

这小鹿倒是个大方的小妖怪，蹬着小腿爬上去，龇牙咧嘴地唱开了。

别说，还真是好听，嫩嫩的小童声音，颇为悦耳。

那天晚上，属于灵九儿的神像也打造完工了，是齐八角照着她的模样一笔一画临摹在石块上，再同几个会凿石头的妖怪一起用錾子一点一滴凿出来的。

那神像比灵九儿的个头大了三倍，虽模样欠缺了些，可神形还是有个七八分相似的，她在那绿皮书中学了如何同观中神像立契约，当晚便割了手指，将血契给立下了。

如今神像完工，南边的院子也早已修缮好了，一山的小妖怪，除了鹿鸣这个年纪尚小的，其余的都幻了人形，还在灵九儿的妙方下，脸不长了，嘴不歪了，皮肤也不坑坑洼洼了，一群妖怪如今个个有模有样的。

此时万事俱备，只欠东风了。

至于谁去当这个东风，自然是齐八角了。

“我不去。”师音难得反抗，“姑娘生得好看，为何不自己去？”

灵九儿此时突然想起，自己好像自下凡来，就从没说过姓名，于是她好言道：“一直忘了说，我在天上名叫灵九儿，咱俩同甘共苦了一月，就别再叫我姑娘了，多生分呀。”

实则这一月来，她只顾着同甘了，何曾共苦过。

师音卷着道袍蹲在土灶旁刷洗锅具，他转了个身，回道：“小九姑娘生得好看，为何不自己去？”

自报姓名来讨好也没用，他只管重述了一遍。

这声“小九姑娘”叫得灵九儿怔了半晌，她晃晃脑袋，道：“算了算了，你别这样叫我，不习惯，你还是同从前一样喊吧。”

“既知晓了名姓，再唤姑娘就不合礼了，若不习惯，我便叫声九姑娘吧。”

“随你。”灵九儿一屁股坐在旁边的土墩上，“八角兄，你就帮帮我嘛，这一个月以来，那群小妖怪隔三岔五地便下山去刷脸熟，火候已经到了，如今只要你再去一趟，让山下的村民们看看咱们道观的观主貌若天人，便绝对会有人上来观看，这一回看二回拜的，香火自然就会旺了，我又没要你去卖脸，就只是去晃一圈而已。”

师音很是头大，他再次复述一遍：“九姑娘去吧，你去才是正主，才是真正的仙女下凡。”

灵九儿小脸一苦，回道：“我不去，我胖了。”

“你不胖。”师音将刷好的大锅放入灶坑，“你好看，女儿家长肉，是为有福。”

灵九儿一噎，道："你夸我也没用，反正你怎么着都要下去露露脸，你是这里的观主，观里香火旺了，你也有钱花呀。"

"我不缺钱。"

灵九儿再次被噎，好在她马上灵机一动，接话道："你是不缺钱，可你是一名道士呀，你总不能眼睁睁看着道观一个人都没有，就这样守在这里，守着我过一辈子吧。"

好家伙，这话一出，问题立马升华到了精神层面。

师音最终磨不过灵九儿，答应下山了，可他同时也将灵九儿拉下了水，要去便两人一道去，谁也别想躲。

灵九儿勉强同意了。

下山那天，她戴了顶巨大斗笠，扮作观主的随身小厮尾随其后。

崂山脚下一共有三个村子，其中最大最热闹的，当属太和村，每到村里赶集的日子，那街上必定人流不断，这次两人下山的目的地便是此处。

然而刚刚说了，灵九儿是勉强同意，也就是不完全同意，或者是被迫同意。所以……当两人前脚刚踏进集市，灵九儿后脚便趁师音不注意，一溜烟跑了。

独留师音一人走在集市上，承受各家大娘的目光扫射。

"这是位道长？相貌堂堂，可惜了呀。"

"敢问道长何方人氏？可愿归尘，我家小表妹瞧您瞧得眼睛都直了。"

"我家有良田三亩，牲畜十余头，还有个待嫁的大姑娘……"

"你可打住吧，张大娘，哪有将自家女儿同土地牲畜一齐介绍的啊。"

今日见了这场面，师音才惊觉天上的诸位仙神催婚委实含蓄，就算是兮姻也不曾这般聒噪过。

师音背着斗笠，全程都挂着三分假笑，反复念道：“贫道乃锦州齐家坊人氏，如今受天命福召，特来道观供奉仙主，今日下山不过采买日常所需，无心婚配，无心婚配的……”

灵九儿悄悄躲在暗处观察，齐腰的面纱将她整个人遮得严严实实，根本无人关注她。

要说师音知不知道灵九儿逃了，那自然是知道的，于是回去的路上，他板着脸，没同她说一句话。

灵九儿十分忐忑，跟在他身旁想着法的找话说：“八角兄，我方才在集市上看见了个有趣的东西，糖画，你可喜欢吃甜？”

师音抬手扣了扣手指，不语。

“八角兄，我给小鹿鸣买了一串糖葫芦，你说他会不会高兴到舍不得吃呀？”

师音抬手挠了挠头皮，不语。

“八角兄，方才集市上有卖小蘑菇的，我顺手买了一些，今晚吃小蘑菇熘青菜可好？”

师音吸了吸鼻头，还是不语。

这一路上，灵九儿将能说的话都说了一遍，没有得到半分回应，非但没有回应，还连晚饭也没能吃上。齐八角一回道观，便径直去了南屋，房门一关，与世无争。

灵九儿自然知道自己理亏，于是思前想后，终于敲了人家的房门。

师音身穿一套白绸的里衣，披着道袍打开房门，淡淡道："九姑娘，这么晚了，有什么事吗？"

"这个……"灵九儿往前挤了一步，"夜里冷，进屋说，进屋说。"

师音倒不阻止，任由她挤了进来。

灵九儿进去后四处看了看，师音关上门后一言不发，气氛瞬时有些尴尬。

半晌，灵九儿才试探道："八角兄，我有一事想同你谈谈。"

师音轻吐了两字："谈吧。"

"你说你，生气就生气吧，怎么还连饭也不做了啊，"灵九儿苦着脸道，"我黄昏时去农地里绕了一圈，见到个小妖在啃萝卜，馋得我直流口水。"

"你不是要减肥吗？"师音反问。

灵九儿反驳道："这减肥归减肥，饭还是要吃的嘛。"

师音淡淡瞥了她一眼，没再往下接话。

灵九儿酝酿了片刻，可怜兮兮道："八角兄，你就别再生我气了，今日将你独自撇下，是我不对，可我也是有苦衷的呀。我是仙女，如今主殿供奉的神像还与我有七八分相似呢，我若出去抛头露面，哪还有神秘感，这关系到咱们道观的香火，你可一定要理解我才好。"

"我理解你，你可有理解过我？"师音将目光罩在她身上，"若今日真来个彪悍的大娘，非要将我拖了去……"

"那不能够。"灵九儿连连摇头，"她们要是敢将你拖走，我必定会肩扛八尺巨勺，风风火火地将你抢回来的，你放心。”

“当真？”

“天地良心，绝无虚言。”

“那行，”师音神情一柔，转身坐到了床上，“你回去歇息吧。”

灵九儿跟到他身前，欢喜道：“八角兄原谅我了？”

床上的人点点头，道：“原谅你了，明日一早给你做锦州小面。”

“我就说，八角兄是个心善的人，定不会恼我太久。”灵九儿满面笑意，“你闭上眼睛，我给你一个东西。”

师音见她两手空空，以为又在耍什么逗人的小把戏，虽没当真，可还是闭上了眼睛。

耳中先是听到窸窸窣窣一阵声响，随后原本散开的发被一双手拢了起来，师音惊道：“九姑娘莫不是要替我冠发？”

“你别睁眼，”灵九儿将他睁开一半的眼帘给盖了回去，“一会儿你就知道了。”

细软的指尖穿插在发丝之中，极其轻缓地一点点将散发绑了起来，随后师音只感觉头顶一重，他大概能猜到是什么东西了。

又过了一小会儿，灵九儿调整了下束发的位置，完工道：“好了，你睁眼看看。”

师音一睁眼，眼前是灵九儿用法术化出的一面镜子，在镜中他看见自己头顶上的道冠，色泽纯黄，状如雏莲。

是一顶做工精巧的太极莲花冠。

“白天在一家金铺里看见这顶道冠，觉得你戴上定会好看，”灵九儿满意地看着他，“此时看来，我眼光可真不错，的确是好看。”

师音心中瞬间风起云涌，有一种自家姑娘长大了，竟知道疼人了般的老泪纵横感。

缓了半晌，他才好不容易平静下来，佯装淡定地吐了四个字：“我很喜欢。”

自打那天下山一趟回来，第二日便有两个村民提着长香前来祭拜，一开始两人还在道观外四处观望，直到看见师音在观内打扫庭院，两人这才放心走了进去。

见有信徒进来，灵九儿别提多高兴了。

这些时日她苦练隐身术，如今学有所成，只待上阵实战了。

早前灵九儿便和师音排过一遍场，主殿的神像旁摆放了一套桌椅，由师音坐守执笔，灵九儿隐身在殿内，观察所拜信徒的容貌，做出美颜方案后，告知师音书写下来，再把妙方交给信徒。

流程堪称完美。

实施起来也的确完美，不出一炷香便将两位信徒高高兴兴地送走了，赚了开观以来的第一桶香火。

往后几天，每日都陆陆续续有人登观，大多是未出阁的姑娘由父母陪同前来，虽有些躲藏，不过放香火钱倒是大方。

她们这些姑娘面容上的缺点都大同小异，龅牙缺齿，肤色暗黄，眼小鼻塌。说来也奇怪，灵九儿只要一看到这些面孔，脑中便会自动浮出对症的美颜妙方，嫩肤的、淡斑的、祛疤的，仿佛脑中原本就长了治疗方子似的，明明她都不曾钻研过这类医书，只是以前曾翻阅过两次《药煎百理》。

这其中的奥妙，灵九儿没有时间去深想，因为道观的香火渐渐地旺了起来，未出半月，山脚下三个村庄皆遍传山顶道观供着位仙主，若诚心朝拜，求来的妙方能叫人重获美貌。

慢慢地，不只是未出阁的姑娘，连周边城池中的许多贵家夫人都三天两头地往观里跑。

那些钱灵九儿自然是用不到的，全都交给了马来管事下山采买，有了钱，妖怪们再也不用担心冬日没有粮食吃了。

第十一章

做仙女，面子很重要

◆

J I U G U S H U

解决了生存问题，灵九儿在山上的地位自然也就顺势水涨船高了。

那山主之位她当之无愧，在这片山，也算是倍有面儿的人物了。

原本想着观里香火旺了，自己有了第一座道观，每日功德袋中都会进账，身边有人供差遣，还有齐八角这么一个长相俊逸、性格也好的小伙伴日日勤劳地给她洗手做羹汤，日子过得无限美哉。

不想在一个风和日丽的午后，灵九儿吃饱喝足，敞开屋门拥抱太阳时，突然从天而降一个黑影，往她眼前一晃而过后，单手便将她从小板凳上拎了起来。

灵九儿一个激灵，脱口而出：“救命啊！”

正端着碗去小厨房的师音闻声，手一抖，碗摔了个稀碎，他急匆匆跑过去，只见一个黑衣少年立在北屋里，一手背在身后，一手拎着灵九儿。

“发生什么了？”师音跑进去，想掰开那人的手，却怎么都掰不动，“这位小公子，有事咱们坐下来好好说，何必要对一个弱女子动手呢，你先松开。”

“弱女子？”那少年嗤了一声。

灵九儿见师音来了，手脚扑腾道：“八……八角兄，快将屋门关上！”

那少年瞧着小小年纪的模样，手上的力气却大得惊人，师音险些整个人都要挂在他手臂上了，那人竟依然面不改色。

无奈，师音只好先放手，转身去将屋门关严实。

拎了半晌，那少年才揪着她的衣领，将人重重按回了小板凳上。

灵九儿抚着自己的小胸口咳了好一会儿，扭头一看，来人竟十分面熟。

回忆片刻，这张脸、这眼神，不正是那位坐镇天界的大武神，青武阳神君嘛。

“太过分了！”灵九儿“咻”的一声站起来，气道，“武阳神君，你可是天上的神，为何要无缘无故地来此寻我麻烦？”

青武阳周身都散发着一股尊贵气息，他慢慢环顾一周，冷嗤道：“九尊主这日子倒是过得潇洒。”

你管我潇不潇洒。

灵九儿不爽道：“你虽是武神，可天上总归是有天理的，你今日此举，就算告到大帝尊面前，我也不怕你！”

“怕我？”青武阳冷冷道，“该是我怕了九尊主才对，你伙同灵器砸我院中瓜皮，一声不吭跑了不说，还全无认错之意。天界律例，损毁仙家私品，若未赔偿反而逃逸者，轻则监禁，重则雷刑伺候，若九尊主想去大帝尊面前诉委屈，我自奉陪。”

闻言，灵九儿小身板一颤，瓜……瓜皮？

这可当真是时运不济啊，砸了谁的瓜不好，偏偏砸了这位横眉冷眼、仙生全无好脸色的大人物的瓜。

见灵九儿愣着，青武阳没好气道：“怎么，这事九尊主是想走流程还是私下谈啊？”

“这自然是要私下谈的呀。”一旁师音轻声插道，“两位都是天上来的仙人，既是在一起共事，何必要如此较真，若伤了彼此间的和气，才是得不偿失呢。”

青武阳的目光顺着声音扫过来，那道视线落在师音身上，眼睛里虽淡然无波，却像是具有穿透力一般，盯着他便不放了。

四目相对，师音莫名心中略慌了片刻，生怕让青武阳瞧出什么来，移开视线道：“九姑娘，你说呢？”

灵九儿眼珠一转，接道：“对对，私了吧，私了。武阳神君既能特意来寻我，必然也是心存善意的，那日逃跑实属无奈，我也不是有意要砸你的瓜皮，都是意外，都是意外……”

青武阳冷哼一声之后，便没了下文，算是默认了要私了。

当天，两仙一人就一个巨大瓜皮的市场价值展开了冗长的讨论。

青武阳直言院中瓜皮是花费了许多精力才雕刻成为一件艺术品的，于自己来说很是珍贵，于是叫价两千万功德。

灵九儿一听，这不是敲诈嘛，幸得师音在一旁按着，否则她不得跳起来跟这个什么破武神一较高下。

最终私了无果，日头渐渐西落，青武阳顺理成章地赖在道观，蹭了一顿晚饭不说，晚上还要留宿在观里。

灵九儿这个小暴脾气立马就上来了，我是欠你还是怎么的，不光包吃，如今还得供住了？

“武阳神君，”她最终忍着气好言道，“我这观小，你这样的身份该睡琉璃宫观、金殿玉榻，何必屈尊于此呢，这价钱没谈拢，明日再来也是可以的。”

青武阳吃饱喝足，扩了扩胸，回道：“前段时间事务繁忙，日日东奔西走的，直到今日才空出时间来寻九尊主一趟，我就不来回跑了，累。”

在灵九儿头顶上的小火苗越蹿越高前，师音及时出言缓和道：“不碍事，不碍事，这位神君大人今夜便同我去南屋凑合一晚吧。两个大男人无伤大雅的。”

“不好意思，”青武阳瞥了他一眼，“我习惯一个人睡，床我要了，你随意。”

灵九儿心里的火一蹿三丈高，这是什么神啊，简直太嚣张了，想当初她一个小仙女都没他这么嚣张。

师音暗地里拉了拉灵九儿的袖子，示意她消消气，随后他平静应道：“无妨，我这等皮糙的凡人，睡地上也习惯的。”

想他从出生那刻开始，便是位金枝玉叶的皇子殿下，飞升后也没吃什么苦头便坐上了帝尊之位，就算是后来历经轮回，投生的人户也都尽是富贵人家，哪料这次入凡尘，竟过上了频繁打地铺的日子。

第二天，日上三竿，灵九儿正睡得迷糊，屋外突然响起马来的急促叫喊："山主，大事不好了！"

随之入耳的是"嘭嘭嘭"的敲门声，这一阵闹腾没把灵九儿闹起来，倒是把在小厨房忙活的师音给引出来了。

"马管事，发生什么事了？"师音卷着袖口，手里还捏着两根青菜叶子。

"道长，出大事了，"马来神情急躁，"小鹿鸣不见了！"

谁不见了？

灵九儿迷迷糊糊听到一句，倏地起身掀开被褥，匆匆忙忙穿好衣裙，打开房门："谁不见了？"

"是鹿鸣，昨日半夜里就不见了。起初以为是这孩子饿了，爬起来找东西吃，没想到天亮了还没回来，大家已经找了两个时辰了，山上能找的地方都找过一遍，还是没找到。"马来说话间擦了擦额间的汗。

"鹿鸣幻不了人形，自从开观，白天不一直都是躲着的吗？"灵九儿问。

师音放下手中的菜叶，回道："鹿鸣藏身的地方，恐怕马管事已经找过一遍了，都先别着急，再多找找，不行就下山去找。"

此时谁还有心思管南屋那位来讨债的大武神，全都忙着出去找了。

灵九儿分了一队小妖下山去附近村庄寻，自己则将勺儿召出来，绕着崂山顶四周盘桓了一圈，鬼影都没见着一个。

"你们这样找太慢了，"小答应托着灵九儿停在一棵大树尖上，"我记得有个法术，好像是释放灵力探查四周，最远能探出去数百里。”

灵九儿应道：“我知道，追识术嘛。”

“你试试。”

“我不行的。”灵九儿摇摇头，“我只是在书里看过有这个法术，况且就算学会了，我这点灵力估计只够探探四周可见的距离，没用。”

小答应愁道：“你呀你，整日只想着那点功德，在天上日日做苦力挣，下凡了费尽心思弄个道观来挣，你什么时候才能知道，真正出事的时候，只有灵力术法才是你作为神官的最大保护伞。”

明明开口还是稚嫩的孩童声量，那说话的语气却是一股恨铁不成钢的老父亲腔调。

灵九儿深叹了一口气：“没办法，都这时候了，临时用功也不起作用。你说这小破妖怪，不在山上，它能去哪儿？”

“走吧，再找一圈。”

“等等，”灵九儿突然灵机一动，“追识术！我不会，有人会呀。”

她立马叫停小答应：“走走走，我们回去。”

这一仙一勺刚回到道观，师音也从外面回来了，他连忙上前问道：“九姑娘，可有什么进展？”

灵九儿没空回应他，从勺儿身上爬下来便径直推开了南屋的房门：“武阳神君，这一早上观里都闹腾腾的，不知可有扰了你清修呀？”

塌上，青武阳正在闭眼打坐，听到声音，他眼皮都不曾动一下，似乎是对某人不敲门的行为颇为不悦，冷冷吐了两字：“不曾。”

“哎哟，神君这般年纪，如此冷漠可不行，”灵九儿一屁股坐在他身旁，“这日子应该过得欢快一些，充满热血才对呀。”

“那照九尊主的意思，如何才叫热血？”

灵九儿眼神贼机灵地看着他，道：“比方说助人为乐、替天行道、救人一命什么的。巧了，今日我们山头正好走丢了个小妖怪，武阳神君不妨略施技法，使个追识术将它寻回来，这一山的妖怪都会认神君的恩情的。”

闻言，青武阳微蹙眉头，睁开眼极其鄙夷地看着她，道：“我战场厮杀，挥师百万天兵不算热血，替九尊主找个小妖怪就算热血？”

“这……”灵九儿寻思片刻，“神君上阵杀敌定然是热血的呀，那上战场是为了和平，施法找妖怪，是为了我们山头和平嘛，都是为了和平，意义不差多少的。”

到此，青武阳发出了他最常用的那一招冷哼术，懒得再同灵九儿这般掰扯下去了。

师音在一旁听了半晌，算是弄明白了灵九儿的想法。他上前一步，道：“算了吧，九姑娘，莫要强人所难，人各有命，更何况是妖呢。那小妖怪若当真找不回来，出了什么事也该是它的劫数，可怜那妖孩无父无母，跟在这些从无作恶之心的良妖身边，以为能无忧无虑长成一个好妖，不料竟出了这样的事。这位神君大人同小妖怪无亲无故的，见死不救也没什么不对，毕竟少了些感情基础，冷漠也是应该的，俗话说……”

“行了。”青武阳受不了这般碎碎念，“道长真是长了一口好嘴，说话犹如念经一般，聒噪。”

语毕，他扫了两人一眼，冷声道："出去。"

"你！"灵九儿十分气愤地起身，"不救就不救，言语攻击谁呢，我……"

师音急忙上前，将灵九儿的话给堵了回去，随后拉着她走出屋子，顺便再将房门给带上了。

"过分！"灵九儿在门外气得跺脚，"亏他还是天上的大武神，坐镇一方，功名利禄加身，这点小忙都不帮，气死我了。八角兄，晚上的饭两人份，我再给他吃一粒米，我就不叫灵九儿！"

师音拍拍她的背，轻声道："嘘，九姑娘莫急，你瞧……"

他低头，看着地上问："神君是不是施法了？"

灵九儿一愣，低头看去，地上密密麻麻的，全是一丝丝黑紫色的灵线，如同游蛇一般从屋里源源不断地散发出来，紧贴着地面向四面八方探出去。

"算你还有良心。"灵九儿心里一松，低声嗤了一句。

小半炷香后，屋门"哗啦"一声打开，青武阳从里面走出来，肃声道："在另一半山的山腰处。"

灵九儿从院中石凳上猛地起身，神情讶异："怎么会，背面的山不说地势陡峭，常年背阴，西落的日头都照不到半分，山上蛇虫无数，鹿鸣一个法术低微的小妖如何能独自跑到山腰上去？"

"情况不太好，"青武阳踱步出来，"那地方有一团阴气极其浓烈。"

灵九儿心里一沉，疑惑道：“那些作乱的妖怪都已经被灵宝帝尊收了呀，怎么还有漏网之鱼吗？”

“恐怕不是妖。”师音一着急，脱口而出。

青武阳饶有深意地看他一眼，随即移开视线。

“什么？”灵九儿难以置信，“当真是世道变了，什么破鬼竟连妖怪都要招惹，看我不一勺将它敲回十八层炼狱，永世不得超生。”

灵九儿反手抄起勺子，雄赳赳气昂昂地夺观而去了。

见状，青武阳脚下踌躇了片刻，也顺势跟着去了。只是刚跨步出道观，他感觉身后有人跟着，于是停下步子，回身冷冷道：“你凡人之躯，别去了。”

师音正微微提起道袍，准备抬脚跨出门槛，闻言，他并没有停下动作，还是走出去了。

“多一个人总归是好的，”师音轻声应道，“有神君在，必然不会让九姑娘和我陷入险境。”

青武阳斜视了他一眼，一言不发，抽身走了。

按天上的算法，灵宝帝尊劈山不过三月前的事，可人间的日子却已经过了百年，那半边山因为不受日头照耀，山峰也陡峭，数十年无人踏足，山上草木疯长，各种荆棘丛生。

什么刺枝、藤蔓、毒虫蛇蝎啊，灵九儿是一样都没见着，因为勺儿托着她腾飞在半空中，一路飞到了半腰处，才缓缓落下去。

灵九儿远远瞧见山下有两个身影，于是拍拍勺儿：“在那儿呢。小答应，我们下去。”

落地后，她竟发现齐八角也来了，还比自己先到这里，于是略惊道：“咦，八角兄怎么也来了？”

师音脚下还未立稳，周身战战栗栗地回道：“搭……搭了个顺风车。”

灵九儿顺着他的视线看过去，前方三步处是黑衣束身的少年郎，心中顿时了然，原来是青武阳神君带他来的。

“武阳神君可有看出什么蹊跷？”灵九儿上前与他站在一起，“这看着不像是什么植被一类呀。”

视野从三人身上往前一扩，前面莫约有三亩地大小的山坡上，遍地是模样如同蘑菇一般的小肉球，个个探头探脑的，很是活泼，虽不见五官，却能一直持续地发出怪声，不细听还好，若凝神听上片刻，简直瘆得慌。

青武阳眉间一蹙，抬脚便将近身的一颗肉球踩得稀碎，那小肉球碎之前竟然还“哎哟”了一声，似乎很吃痛。

然而踩它的神却一丁点怜惜都没有，反而还嫌弃道：“都是些小鬼，被人封了意识，种在土里养成了肉刺。”

灵九儿周身打了个寒噤：“没想到这年头，日子都不好过。”

“我们还是先找找鹿鸣吧，”师音跟在两人身后，四处是肉球，他不太敢动弹，“莫非它也被种进土里了？”

青武阳往前走去，语气不屑道：“想种妖，它道行还太浅了。”

语毕，他缓缓抬手，指尖蕴出一团灵力，倏地射向一个肉球。

那肉球瞬间原地消失，化成了一个青面獠牙的小鬼，扑跪在地上瑟瑟发抖，连声叫喊：“仙人饶命啊！”

那模样长相，比山上的妖怪丑多了。

灵九儿上前，质问道：“我家丢了个小鹿妖，是不是你们这群小鬼头动的手脚？”

“仙人冤枉啊，”小鬼哭喊道，“我们被禁锢于此，哪里还能动什么手脚，只不过是被操控了意识，将那小妖哄骗过来罢了。都是鬼婆婆，是她将小妖带到……”

话到此处便戛然而止了，那小鬼竟化作了一缕青烟，飘飞入尘土之中。灵九儿一瞬间还没反应过来，却突然脚下一空，整个人犹如落崖般，陡然失重，陷入黑暗。

“小九姑娘！”师音两步上前，却根本赶不及了。

灵九儿原本站立的地方变成了一个黑黝黝的洞口，四周绕着成片的黑气。师音什么都来不及思考，纵身一跃，跟着跳了下去。

那两个随身保护的小武官立马现身出来，也要跟着跳下去。

青武阳横手拦住：“你们俩回天界，将情况回禀给织梦神君。”

末了，他自己反倒跳了下去。

灵九儿可太苦了，连救命都来不及喊，整个人就稀里糊涂地晕过去了。等再醒过来时，她以为自己瞎了。

伸手不见五指，却能听见青武阳在一旁冷声道：“九尊主能吃能睡，当真好福气。”

啥？

灵九儿小腰一挺，坐起身道："武阳神君，咱们这是在哪儿，我是不是瞎了，怎么什么都看不见？"

她伸手往旁边一摸，竟摸到一个滑滑的东西上，往下探探，有鼻子有眼，还有软软的嘴唇……

就在此时，四周陡然亮了起来，青武阳站在一旁，自手心化出一团白光，暂时用来照明用。

灵九儿定睛一看，自己摸着的可不就是张脸嘛。

"呃……不好意思啊，八角兄，"灵九儿连忙收回手，"方才四下漆黑一片，我随手一摸，你别在意。"

师音原本是在静心打坐，突然被人一手蒙了满脸，顿时还有些心惊，见是灵九儿，这才和气道："无妨无妨，九姑娘刚刚醒，会惊慌是很正常的，我方才醒来时也慌神了，好在有这位神君大人在，他告诉我，我们是掉进了某个阵法之中，看样子一时是出不去了。"

阵法？

灵九儿急忙爬起身想四处看看，奈何仅靠那一团白光，四周光线根本明朗不到哪里去。

"哪里的阵法？"她问。

青武阳语气平平地吐了两个字："鬼界。"

话音刚落，他立马将灵力收了，轻声道："有动静。"

什么动静呢？

四周恢复漆黑一片，灵九儿一时难以适应，屏着呼吸一动不敢动。

半晌，有个书生模样的人，身侧悬着一盏小灯缓缓走过来。近了，他抬手取下自己的小灯，往灵九儿脸上照了照，随后摇摇头，道："生前无端作恶，死后无灯照路。"

说完，他把小灯悬回身侧，幽幽往前去了。

灵九儿惊呆了，等青武阳再次用灵力点亮四周，她瞅瞅齐八角的脸色，竟完全没有惊讶的样子。

"这不奇怪？"她问。

"啊，奇怪啊。"师音轻声应道，"不过像他这样的，先前已经来过好几拨了，多见几次，小九姑娘也就习惯了。"

青武阳掌着灵力，朝刚刚书生消失的方向走去，边走边道："这是鬼界的往阴阵，只有前路，没有退路，脚下能走的地方时而宽阔，时而狭窄，若没有光，一不小心踏错一步，掉下去谁都不知道会发生什么。"

他们三人此时在的位置还算宽敞，灵九儿探头往下看了一眼，漆黑一片，什么都看不见。

灵九儿扬手，自己也化了一团白光出来，不想走在前面的青武阳突然驻足，回身道："九尊主那点可怜的灵力，还是省着点用为好，前面不知还有些什么凶险等着，若灵力用尽了，当心自保都困难。"

什么叫可怜的灵力？

灵九儿胸口一憋，气道："不要你管，我自己走。"

师音如今是一介凡人，从小养在富农家里，平常敲敲打打的苦活还能做一些，如今到了这地方，可就完全成了手无缚鸡之力的卑微路人了。

他跟在青武阳身后，冲灵九儿轻声道："九姑娘，前路险恶，咱们三个就挤一挤，一起走吧。”

好呀，这下连曾经的好朋友也屈威于人家堂堂大武神了。

灵九儿心中生起了闷气，偏就不同他们一路，自己独自落在后面，慢悠悠地走。

前面那两大男人没办法，只好也慢悠悠地往前走，师音是三步一回头，眼睛时时不离身后人。

直到灵九儿手里的白光越来越弱，渐渐地耗尽了灵力，熄了，师音才揪揪身边人的衣袖，示意他停下。

似乎是这动作过于熟络，青武阳悄无声息地将手肘挪开了些，随后小小地哼了一声，但好在脚下的步子停了下来。

师音回身去招呼灵九儿上前来。黑暗中，谁都不曾发现那个站立笔直的黑衣少年嘴角浅浅地弯起了弧度。

四下漆黑一片，可灵九儿还是不愿蹭去青武阳身边，她回头看了一眼，见身后不远有盏小灯晃悠悠地越靠越近，于是停在原地不走了。等那灯光近身了，她凑上前一看，是位包着头巾的大娘。

大娘双目无神，眼袋突出，面容苍白憔悴。灵九儿壮了壮胆，凑上去问道：“大娘，脚下路窄，天又黑，能否同您蹭个灯？”

大娘借着微弱的灯光瞅了瞅灵九儿的脸，声音飘忽道：“姑娘面善，不像是奸恶凶徒，为何会没有引路灯啊？”

引路灯？

灵九儿疑惑道：“大娘，这盏小灯和善恶有什么关系吗？”

“瞧着你年纪小，不懂这些也正常。”大娘动作缓慢地揽了揽她的胳膊，算是同意了她的蹭灯行为，“每一个死去的人，亲人朋友若在他身旁流下眼泪，那滴眼泪会化作一盏明灯悬浮在他身侧，照亮并指引他通往鬼界的往阴之路，若是生前作恶多端的人啊，无人为他的死流下离别泪，那便没有引路灯，这一路摸黑前行，稍不注意踏错一步，别说投胎了，就是做鬼也难。”

原来那小灯竟是这样的来路。

那大娘看着模样有些瘆人，但好在心善，说话间还时不时拉灵九儿一把，生怕她踩错一步。

师音见状，放心了许多，他将身子摆正，朝身边的人道：“我们走吧，九姑娘是个心中有想法的人，她虽生气，但更想套话。”

脚下的路越走越窄了，青武阳瞥他一眼，抬脚走时将一只手背在身后，道：“若不想掉下去，最好抓紧我。”

“好。”

师音将手轻轻搭在青武阳的护腕上，青武阳走一步，他便走一步，两人一前一后慢慢朝前走去。

后面灵九儿和大娘也自动变成一前一后的步调，缓缓前行。

“大娘，这要走多久才能到头啊？”灵九儿问。

“孩童时候听家中的老人讲，说这条路很长很长很长……”大娘缓了口气，“要一直走到脚下无路可走，方才能看见新的路。小姑娘，耐心些，不管什么路啊，总是会走完的。”

灵九儿跟在大娘身后，略一思索，道：“大娘，您是个好人，倒不是我走不动了，只是脚下路窄，四周还黑，想同您多说说话，解闷罢了。”

“好好，那就聊聊。”

大娘面容已经逐渐僵硬了，可见身边的小姑娘嘴甜讨喜，还是艰难地拉出了一丝笑容，缓缓道：“时间久了，记不清了，只记得那时候我还小，家中祖母很是和蔼，喜欢给我们几个孩子讲些奇闻怪事，那时候说到这条往阴路，只说要走很久很久，走完之后又会出现很多条路让你选择，这其中啊，有一条是通往十八层炼狱，两条是去往鬼界永世做个逍遥小鬼，三条是投胎重生之路，还有最可怕的一条，要是误跑进去，里面的厉鬼会将你撕碎，吃干抹净……”

听到此处，灵九儿浑身打了个寒噤，心想那么多条路，总不会这么倒霉。

然而古人说过，怕什么来什么，他们还真就选到了最可怕的那条路。

当时走到往阴路的尽头，的确出现了很多可供选择的路，比大娘口中说的还多，每条路都犹如一个黑洞，还有几个洞似乎并不通，进去了会被弹回来，大娘被弹了两次后，第三次再也没出来了。

虽不知那是条什么路，但出于对大娘的好感，灵九儿还是想跟上去，然而那洞根本没给她机会，大娘进去之后，“咻”的一声，洞口便消失了。

三人站在原地，瞬间有些不知所措。

选来选去，还被弹回来三次，青武阳是最先开始不耐烦的，他随手指了一个，道：“就它了，再敢弹我，一剑劈了这破地方。”

果然，武神都是一个路子的，动不动就要劈山劈海劈黑洞。

灵九儿也选得没耐性了，鬼使神差地就和青武阳一起走了进去，师音跟在后面，三人一齐进去了。

无数双绯红的眼睛齐刷刷盯着突然闯进来的三个人。

灵九儿虎躯一震，拉着师音就想跑，心中大骂了句：青武阳你个倒霉催的，我再信你，我就不叫灵九儿。

然而还不等她转身，那些犹如恶鬼般的怪物便已经前赴后继地扑过来了。

青武阳单手化出长剑，反手一挥，紫光乍现，扑来的怪物前前后后飞出去不少。他扭头道："小心，这些是俾蠼，连十八层地狱都不接纳的恶奴，数量巨大，最是难缠。"

"知道难缠你还选！"灵九儿掏出小答应护在身前，来一个敲飞一个。

青武阳打斗间，回道："我不是神，没有预知的能力。"

"你怎么就不是神了？"

还是天界坐镇南门的大武神。

青武阳不再搭理她，抽身出去专心击退那些凶煞的俾蠼。有他在前面挡着，灵九儿这边只能漏过来少数几只俾蠼。

但是那些俾蠼数量实在太多了，前面的打翻一片，后面的又如浪潮般扑上来。小答应敲飞一只俾蠼后，大声道："太多了，就算有通天的本事也杀不完，这样下去不是办法！"

"我找找看有没有出路。"灵九儿抽到空隙，四处观望。

这里两面都是石壁，像是一个山洞，后面没有退路，只能往前走。灵九儿挥着勺子打斗间，她身后的师音抓住间隙，一个箭步跨到青武阳身边，压低声音道了一句："俾蠼怕水，用御水咒。"

这些俾蠼攻击力很低，但胜在数量多，道行再高的人也会被拖到精疲力竭，最后沦为它们的食物，用符咒护体，避开这些秽物，是最上乘的办法。

这点仙术常识，青武阳还是知道的，但他为何迟迟不用呢？

挥剑打斗间，青武阳将师音护在身后，紧贴在石壁上，不让那些俾蠼有从背后攻击的机会，他听师音如此说，抽空回了一句：“没带符纸。”

师音一愣：“寻常纸张有吗？我来画。”

“没有。”

古往今来，哪有男人出门带纸的。

师音后背贴着石壁，扭头朝不远处的灵九儿喊了一句：“九姑娘，你带纸了吗？”

“什么纸？”

“什么都行。”

灵九儿“咣咣咣”敲飞三只俾蠼，趁机腾出一只手往兜里一掏，正巧掏出本书来，反手就扔了过去。

师音隔空一接，来不及多看，翻开撕下一页。

师音一手撑纸，一手流利地开始画。

师音伸手从青武阳腰间递到他身前。青武阳两根手指捏住纸，施法后将纸张往空中一抛，化作一缕灰烟。

同时，两人周边现出一个巨大水罩，将那些俾蠼挡在水罩外，畏畏缩缩不敢再上前来。

两人慢慢朝灵九儿走过去，将她也罩了进去，到此，三人才得以缓上一口气。

灵九儿额间满是细密汗水，双手挥勺不知道挥了多少次，累到气喘。师音偏头瞧着她思索了片刻，将手里的书悄悄藏了起来。

“我刚刚看到前面有光，应该是出口。”灵九儿将小答应变回寻常大小，收了起来。

青武阳也收起长剑，还顺势抬脚将近身的一只俾蠼踢出去数米，三人背靠背形成一个圈，聚在水罩中慢慢往前移动。

走出这条满是俾蠼的暗黑石洞，外面别有洞天，遍地绿草藤蔓，瞧进眼里极其舒适，可四周却静得出奇，什么声响都没有，只能听见彼此间的细微呼吸声。

仿佛有封印一般，那些俾蠼只聚在洞里，趴在洞口不敢出来，绯红的眼睛对三人虎视眈眈。

见状，青武阳挥手将水罩隐去。

灵九儿四处走了走，遍地的绿植长势很好，绿油油的，还有许多小蘑菇藏在其中，看起来很嫩很好吃。她冲师音招招手，道：“八角兄，你过来看看这些小蘑菇……”

“咻”的一声，灵九儿又原地消失了，准确地说，是原地掉了下去。那句“你过来看看这些小蘑菇，采回去熘青菜下饭”说了一半，也戛然而止。

陡然失重，灵九儿耳边刮过呼啦呼啦的风声，额间碎发翻飞，她悲痛地想，大抵是曾经飞升靠独苗的身份走了后门，如今才总是让她掉，掉一次不够，还要掉第二次，天爷，她飞升也没有飞升了两次呀。

她心中油然而生三个字：心好累。

正当她不知道自己要掉去哪里，会不会这次直接掉到了十八层炼狱时，腰间一紧，急速下坠间被人拦腰一抱，再来个空中一百八十度转体，突然开始稳当当地向上腾飞了。

灵九儿倏地睁开眼，落入视线的是一半小小的金色莲纹面具，面具的主人眼睛黑而亮，目光瞧着很是纯善，他轻轻唤了她一声："姐姐。"

灵九儿张大嘴，惊道："弟弟，是你？"

"是我。"

带纸了吗

第十二章

要皮要骨，选一个吧

◆

J I U G U S H U

那日，江陵把灵九儿带到了一处山崖边，据说那里是鬼界风景最优美的地方，没有之一。

灵九儿小小的脑袋上冒出大大的问号，她一落地便问：“弟弟，你怎么会在这儿？”

“对不起，”江陵走到山崖边坐下，两条腿晃晃悠悠道，“我骗了姐姐，我其实不是什么散仙，我是一只鬼。如果姐姐觉得生气，此时正好可以一脚将我踢下山崖，我不会怪你的。”

莫名地，灵九儿觉得那小少年的背影有些落寞，头顶上那根小手杖虽然还立着，可也不像上回见到的那般活泼了。

法器的心情似乎随了主人，想起自己兜里那把勺，除开吃了睡，睡了吃，偶尔出现打打怪，似乎勺生里就不知“心情”为何物。

灵九儿掏出勺子，略施灵力将体力耗费过多、正陷入沉睡的勺子立在自己头顶。她走过去坐在江陵身边，也晃腿道：“没关系，我喜欢的人也骗过我，这骗来骗去的，我都习惯了。倒是你，为什么跑到天上去闲逛？”

“你看，”江陵伸手指向天边，“我们鬼界连天都是血红色的，有生之年从未见过天界那般纯净的天空，仰慕罢了。”

灵九儿顺着他指的方向看过去，应道：“你早说呀，比天上漂亮的地方可多了，以后有时间你来找我，我带你玩。”

江陵咧嘴一笑：“好，我头上这个小东西其实是个鬼杖，它身上长着眼睛，能将我所看到的风景尽数收纳其中，再转投到我们鬼市的大幕布上。我喜欢四处游走，将天下风景装在眼睛里，给鬼界那些再也见不到天光的小鬼看看，这世间有多美。”

“可以呀。”这一番言论，让灵九儿对身边的少年刮目相看了，“弟弟小小年纪，竟有这番心思，鬼界有你这样的好鬼，实属幸哉。”

江陵抿着嘴角，面上一涩，小声道：“姐姐谬赞了。”

灵九儿嘿嘿一笑，突然想起什么，又立马收了笑，道：“对了，弟弟，我那两位朋友你知道他们在哪儿吗？有没有危险？”

“不会有危险。”江陵看她一眼，笑道，“那套阵法是我设的，每次轮选，十六个洞口，只有一个洞是俾蠼缠身，你和你朋友的确是倒霉，选的洞口要么被弹，要么就是选中唯一一个俾蠼洞。”

灵九儿一噎，随后气道：“你还笑，差点害死我，好不容易摆脱那些缠人的东西，以为安全了，结果我又掉入无底洞似的，你是不是故意要折腾我？”

“这个不是我，”江陵连忙摆手否认，“那里是另外一套小阵法，叫‘谁先说话谁先死’，姐姐先开口了，自然是第一个掉下去的。”

灵九儿被这个弟弟设阵的奇思妙想给惊呆了，缓了半晌，才又问：“为什么一定要人死呢？”

江陵挠挠头，回道：“其实如果生前不是大奸大恶之人，他们就算选一百遍也不会选到俾蠼洞的，你们三个……主要是身份无法识别，阵法识别不了，才误打误撞进去的。”

好了，这回死也死得明白了。

两人坐着看了好一会儿风景，灵九儿心想，其实血红色的天空也别有一番看头，没有日出日落，仿佛时间静止一般，每一次抬头看到的云都还在那个位置，天空也还是那个颜色。

静坐了半晌，江陵看看灵九儿被红色天空照映得粉粉的脸，突然道：“姐姐，你可愿意随我在这转转？”

“好呀，我想去看你说的那块大幕布。”

江陵施了法术，带着灵九儿落在鬼市的正中心位置。

这里比山脚下那几个村庄都要热闹，还大，街道宽敞，脚下的路都被石块铺严实了，一丁点泥都没有，竟出乎意料地干净。

原先在山半腰见到那个青面獠牙的小鬼，以为世间所有的鬼都长那副丑样子，如今身边熙熙攘攘的全都是，竟个个都长得人模人样，还不乏个别清秀好看的。

“不好意思，”灵九儿耿直道，“原先以为你们都长得丑，没想到你们竟个个都生得这么标致。”

江陵拿下她头顶的勺子，幻了个斗笠给她戴上，轻纱遮面。随后，他淡淡回道："假的，都是皮囊。六界之中，就数我们最丑，只不过是喜欢变幻皮相来隐藏罢了。"

说着，灵九儿抬眼便看到了那块巨大幕布，莫约有三人叠立那么高，悬浮在鬼市的正街中心，就算离得很远，一抬眼也能看到。

灵九儿心不在焉地摆摆手："管它是真是假，好看就行了。"

说完，她又补充道："怎么幕布是一片灰呢？"

江陵看她似乎很感兴趣的样子，于是扬手去头顶将那小小的鬼杖给敲醒，那块幕布先是闪了一片白光，随后便出现了街道的画面，正是小鬼仗黑黑的眼睛正对着的那条街。

我的天，太神奇了。灵九儿在心中直呼神奇，她看看幕布，又看看那条街，当真是一模一样。

"姐姐，看我。"江陵喊她。

灵九儿转身过去，那小鬼杖正对着她，她头戴斗笠、轻纱遮面、粉衣翻飞的模样立马便投在了大幕布上。

周围顿时有小鬼聚过来，你一言我一语道：

"谁家姑娘还遮面呢？"

"别害羞呀，掀开你的白纱盖头，让我们瞧瞧。"

"是呀，面容若是好看，把皮囊借来，咱们姐妹也戴上过过瘾。"

灵九儿心中一慌，连忙躲得远远的，冲江陵道："你别将我放上去，多难为情呀。"

头顶鬼杖的小少年立在鬼市正街上弯眼笑得肆意，他眼中的那个姑娘却怎么躲都躲不开他的视线，正急得跳脚。

好不容易叫江陵关掉幕布后，灵九儿才将注意力转到鬼市上。这里的街道比天上人间要大上许多，除了吃食一类有类似的，其他铺子售卖的商品都截然不同，毕竟面向的群体也是截然不同的。

顺着这些商铺逛出去不远，灵九儿突然听见一道熟悉的声音："你最好离这里远些，否则我不保证下一秒能不能忍住不动手。"

这又冷又傲娇的声音，不是青武阳还能是谁呀。

灵九儿顺着声音找过去，竟在一家酒楼里看见齐八角和青武阳正坐在酒桌上，两人的脸色都不太好。

酒桌旁站立着一个小厮模样的，竟一点都不畏惧青武阳那句威胁，仰着头道："两位公子最好安分些，否则我也不保证你们还能不能再见到你们那位朋友。"

闻言，青武阳黑着脸，竟当真一动不动了。

一个小厮随便就能把一个天界大武神给禁锢住，能这么嚣张，自然是因为手里有筹码，那个筹码就是灵九儿了。

灵九儿顿时有些感动，没想到这个武阳神君平日里横眉冷眼的，关键时刻还是很靠谱啊。

"八角兄，"灵九儿小跑着进去，"我在这儿，你们没事吧？"

见她跑进来，酒桌上的两人齐刷刷地站起来了，特别是青武阳，一副立马就要和那小厮挥刀的模样。

灵九儿连忙道："坐呀，瓜皮兄，你这么激动做什么？"

青武阳的眼神“唰”的一下扫过来：你叫我什么？

灵九儿冲他挤挤眼睛：淡定，在人家的地盘，你是生怕别人不知道你是天界的大将军吗？

此时后面的江陵进来了，那小厮连忙退过去，朝他躬身拜了一下。

“姐姐，给我介绍一下你的两位朋友吧。”江陵径直坐到最后一个空位上。

灵九儿闻言，先是抬手介绍右边：“我在人间有一座道观，这位是我们道观的观主，齐八角。”

然后，她又抬手介绍左边：“这位是……是我们道观的保护神，方瓜皮，平日里做些端茶倒水、扫地抹窗什么的杂事。”

“哦，这样啊，”江陵弯眼一笑，“很荣幸认识两位。”

整个介绍过程，青武阳全程黑脸，师音倒是大大方方，见灵九儿安全，他也就没什么好担心的了，于是笑着回应：“小公子瞧着很是贵气，但据我所知，九姑娘不曾有亲属，怎么就叫上姐姐了呢？”

“这个说来话长了。”灵九儿插话，“是很早之前偶然认识的朋友，帮过我大忙的，我看着很合眼缘，年纪又比我小许多，就认作了弟弟，没想到，刚刚我掉下去也是他救的我。”

“那不妨让他帮忙找找鹿鸣吧。”师音深沉的目光扫在少年的金色莲纹面具上，“我们人生地不熟的，找起来估计会很困难。”

灵九儿一拍大腿：“对，这一路上多灾多难，险些将正事忘了。我那山头上丢了个小鹿妖怪，我们就是因为找它，这才莫名其妙地掉到你们这儿来。弟弟，你对这里熟，帮我找找吧。”

“这个不难，”江陵应道，“我可以叫些小鬼去找，不过可能派不了几个。最近我们这儿突然冒出个厉鬼来，抓走了许多寻常小鬼，几乎全部的精力都花在围剿那个厉鬼身上了。”

师音眼神一沉，问道：“厉鬼……可有追到什么踪迹？”

“还没有，但是有侥幸逃脱的小鬼说，这个厉鬼是个老婆婆，满头银丝，还喜欢插着一根银簪子，怨气极重。”

江陵想了想，又道：“像她这样怨气重的厉鬼，要么是灭国亡魂，要么是灭城亡魂，可前几日我去人间走了一圈，不曾有国亡城破之事发生，有些奇怪。”

满头银丝、银簪子……

师音心中“咯噔”一声，慌了神，他手里捏着酒杯，暗中给织梦传音道：“织梦，快去天冥河看看，出事了，若真是那位婆婆跑了出来，你赶快想个办法把我弄死。”

传了半天，竟然一个字都没传出去。

师音这回是真的扶额了，到了鬼界，神识圈竟然没了信号。

如今和织梦失去联系，师音是真真切切地成为了一个凡人，想着要不让青武阳回去帮自己一把，只是在这件事上，不用想也知道，他是断然不会帮忙的。

只能自己寻思一种舒适的死法了。

晚间，江陵给他们三人安排了住处，每人一间上好的客房，还有一对一的小鬼守在房门外随时供差遣。

倒不会限制他们活动，灵九儿和师音推开青武阳的房间，正巧撞见他一掌拍碎了屋里的小桌。

门外的小鬼探脑袋看了一眼，和气道：“三位少安毋躁，我们公子说了，待找到走丢的小妖后，会安安全全将各位送回去的。”

灵九儿反手将门关上，顺便抬脚扫了扫面前的碎屑，道：“武阳神君，这是在鬼界，能不能把脾气稍微收敛那么一丢丢？”

“收敛？”青武阳没好气道，“九尊主好能耐，认个弟弟竟都是个大人物，他以为派几个小鬼就能困住谁？”

此时门外小鬼敲了敲门，送进来一张崭新的桌子，还麻利地将之前破碎的桌块都收拾走了。

灵九儿走过去坐下，宽慰道：“我这个弟弟就算是鬼，也是个好鬼，如今这里是鬼界，我和八角兄闯进来还好，你呢？天界顶顶厉害的大武神，跑来人家的地盘上，还不准别人派几个小鬼盯着你了？”

闻言，青武阳冷哼了一声，道：“给你三天时间，还找不到那个小妖，我必横刀闯回天界。”

“淡定啊。”灵九儿敲敲桌面，“在别人的地盘，追识术也不能用，找人哪有这么容易，咱们暂且先等等，看看有没有其他法子。八角兄，你觉得呢？”

突然被叫到，师音一怔，随口应道：“啊，对，再等等，如今有人帮忙找，总比我们自己瞎找的好。”

“你看，”灵九儿冲青武阳仰了仰下巴，“投票二比一，我赢。”

见青武阳脸色黑上加黑，师音寻思了片刻，岔开话题："对了，九姑娘，你那柄勺子很是奇特，能否给我观赏一二呀？"

"我怕你拿不动，它一会儿重一会儿轻的，难捉摸。"灵九儿说着便将勺儿掏出来了。

师音盯着那柄巴掌大的小勺心想，我要的就是拿不动，若想被它砸死，是自己撞上去好，还是让它敲过来好？

这勺子认主，他是最清楚不过的。

师音缓缓伸出手，五指握住勺柄，再缓缓抬起手，"咣"一声，敲了敲自己的脑袋瓜子。

静默了片刻，他毫发无损，然而内心却受到了创伤。

先前在天上人间，勺子是故意使坏，不让别人将它拿起来，什么认主不认主的，前文已经说了，它不过只是馋两口汤包而已。

这让他此时此刻的行为，犹如一个傻子。

"你干什么？"灵九儿有些费解地看着他。

青武阳那张黑脸也渐渐不黑了，眼神中甚至还流露出一丝关爱。

师音万分尴尬地解释道："先前见它打起怪来很是威风，好奇之下随手一试，随手一试……"

晚上，师音失眠了。

师音正想得入神，灵九儿推门而入，手上端着盘黑黝黝的果子，道："八角兄，方才在楼下我见有卖果子的，尝了一个，甜得不得了，你也尝尝。"

把果子往桌上一放，灵九儿又转身去了青武阳的房间送另外一盘果子。

师音往桌前一坐，吃了口果子，不知不觉，一盘果子便吃空了。

当天午间，灵九儿跑去找江陵，想问问有没有鹿鸣的消息，不知是运气好，还是运气不好，她又撞破了一个天大的秘密。

她听见一个小鬼说："少爷，王君传话，说那姑娘是美人骨独苗，想要《九骨书》就必须要抓住这次机会，将她留在鬼界，如今江楚城主正在议亲，若能想办法……"

"不行。"是江陵的声音，"哥哥有心仪之人，你回去禀告，就说我不同意。"

"王君还说了，若少爷喜欢，自己娶了也行，反正无论如何都要将《九骨书》留在鬼界，这关乎咱们在六界中的地位，不容有失。另外，那只小妖在万鬼窟出现过一事，王君特意交代先别让那姑娘知道……"

"嘭"的一声，灵九儿将房门踢开，难以相信自己曾口口声声说善良的弟弟，竟也在打她这身皮骨的主意。

"你知道鹿鸣的踪迹，还想瞒着我？"灵九儿站在门外，悲从中来，"你们就那么想要那本破书吗？"

江陵显然没想到她会在门外，稚嫩的脸上有些愕然，眼神躲闪道："姐姐，你误会了……"

灵九儿什么都不听，转身就跑，只是没等她跑出两步，一道鬼影闪在她面前拦路，是刚刚同江陵传话的那个小鬼。

"姑娘不用怕，我家少爷是王君最小的儿子，"他躬身道，"鬼界以幼为尊，哥哥们都是各方城主，可我家少爷将来会是这整个鬼界的下一任王，姑娘嫁给少爷，自然也会是下一任王后……"

我命都要没了，我还稀罕你什么王后，想当初上清天的帝后我都没稀罕。

灵九儿使出全力推开他，撒开脚丫子一口气跑回客栈，拖上那两个正凝神打坐的男人，风风火火地又闯出了客栈。

“武阳神君，快用追识术，”她边跑边道，“鹿鸣好像在什么万鬼窟，咱们找到它赶紧跑吧。”

青武阳跟在她身后，嗤道：“怎么，这时候不怕动荡鬼界，引起神鬼嫌隙了？”

“命都要没了，我还怕什么嫌隙啊。”

师音跟在最后面，一头雾水：“九姑娘这话是为何意呀？”

“回家我再跟你细说。”

用了追识术，遍地散开的灵力不出小半炷香便寻到了鹿鸣的踪迹，三人哪还管暴不暴露身份，蹭着青武阳的法术，瞬间转移了过去。

鹿鸣竟然当真就在万鬼窟。那里虽然叫窟，去到那地方才知道，那窟中间竟是一个湖，那湖水血红通透，湖面上幽幽飘着一层黑色雾气。

灵九儿目光四处扫视了一圈，没见到鹿鸣的身影，却看到了一个老婆婆佝偻的身子从血红的湖水中缓慢升起来。

这画面过于惊悚，灵九儿回头想看看身后两人还在不在，哪知一扭头，竟看到齐八角抬腿要跑的样子，她反手将他一拦，护在身后，壮胆道：“跑什么，有我呢，别怕啊。”

师音欲哭无泪。

那佝偻的老婆婆穿了一身粗布麻衣，此时正浸透了湖水，衣摆滴答滴答地滴着水，如同淌血一般。

她走上岸来，动作缓慢地停在灵九儿三步之外，那双眼睛满是血丝，呆呆地看着这边，音色沙哑道："姑娘……是殿下心里的人……"

那声音明明不大，却像是灌耳一般，震得灵九儿周身一麻，忍不住打了个寒战。她心里疑惑，什么殿下，江陵吗？

那小子都要骗她去剥皮剔骨了，什么心里人心外人的，都是鬼话。

"婆婆，你……"灵九儿壮着胆子，"你见过一个小妖吗？头上长了一对鹿角，模样可爱，唱歌也好听。"

"殿下也来了？"婆婆慢悠悠道。

两人都在各讲各话，答不对意。

这老婆婆看起来实在诡异，青武阳从一开始就站在灵九儿身后，一言不发，师音被灵九儿一手拦着，三人就这么个队形，站了好一会儿。

那婆婆眼神呆滞，目光一动不动，也不知道她在看谁。顿了半晌，她才又幽幽道："殿下天人命贵，也只有轮回凡胎，我这老妪才能将你骗来了……"

说到此处，那老婆婆缓慢转身，拖着湿漉漉的尖头鞋，又朝湖里走去了。

灵九儿满肚子疑惑，但找鹿鸣要紧，她拉着身后的人也准备走："八角兄，不管这婆婆了，我们去找……"

身后的人一动不动，灵九儿噎住一嘴的话，扭头看着他："走呀，呆着作甚？"

"小九姑娘，"齐八角挣脱她的手，轻声道，"容我以后再同你解释。"

说着，他竟一步步朝那老婆婆走去。

灵九儿愣了半晌，才疑惑道：“他们认识？”

一阵轻风刮过，青武阳衣摆翻飞，他直立在一旁，低声回道：“或许吧。”

天水一色，入眼皆是猩红。

那婆婆停在湖边，血色的湖水覆盖了她的脚踝。师音双手交握在身前，面色略显苍白，他轻声道：“婆婆认出我了。”

淡淡的一句，没有要问的声调，反而夹杂着少许叹息。

“殿下之神姿，就算再过上十万年，换无数个皮囊，老妪我也能将你认出来。”婆婆幽幽道，“只怕殿下日子过得久了，活得平坦顺遂，早就将我们这些丑陋的河中冤魂抛诸脑后了。”

“我没有忘。”师音上前一步，“我知道婆婆抓走小妖，就是为了引我来这里，现下我来了，那小妖怪没做过什么恶，求婆婆放了它吧。”

那只爬满纹路的手朝湖面缓缓抬起，一具小小的身体从湖心升了上来。灵九儿定睛一看，正是鹿鸣，她想上前去，被青武阳给拦下了。

“若不想死，就好好待着，那湖水不寻常。”青武阳冷冷道。

老婆婆似乎是笑了两声，那笑声干哑得可怕：“妖虽小，可总归是条命啊，这湖里都是些被束缚的厉鬼，怨了数万年，殿下若不怕，便下去捞吧。”

“这七万年来，我唯一的念想只有你们。什么金丹、术法、灵力，我都不在乎，我只求婆婆能少怨我一些，我能早日将你渡化，送入轮回，去下一世好好活着……”

“下一世？”老婆婆周身陡然黑气四散，“我一家九口人，染了瘟病，被活活关死在城墙下，殿下人世走一遭，一滴血就想轻松渡化吗？”

“那婆婆是想要我的命吗？”

闻言，青武阳瞬间闪身上去，朝师音插话道：“杀了她，她已经不是什么冤魂了。”

师音双唇紧闭，眉间紧锁。

青武阳继续道：“只要你开口，我帮你杀了她，整个天冥河便再无人心不足的怨魂日日对你相逼了。”

那婆婆面容渐渐被黑气笼罩，她倏地转身回来，咬牙道：“殿下若能下定决心杀我，我反倒对殿下多增一丝钦佩，可他能吗？”

这句话是冲青武阳说的，他紧紧捏着拳头，回道：“整个武阳城近十万人，就你有恨吗？你有本事去怨投毒的人，别只会抓着好欺负的不放。”

“国之砥柱，却优柔寡断，臣民悲也……”

老婆婆口中反复念着这段话，周身渐渐化为一团黑气，冲入湖中。

师音牙关紧咬，忍到此时，终于下颌一松，口中喷出一口鲜血，随后整个人如同一片飘零的枯树叶，颤颤巍巍地倒下了。

见状，青武阳周身一紧，却已经来不及去扶了

他上前一步俯身，脱口而出：“兄长！”

师音在视线陷入黑暗之前，喃喃说了两个字：“果子……”

万万没想到，他这一世想过无数种死的方式，最后竟然栽在了灵九儿那一盘黑黝黝的果子上。

顿时狂风四起，刚刚冲入湖中的那些黑气开始慢慢聚拢，湖里的厉鬼

似乎是想将怨气凝聚在老婆婆一个人身上。

灵九儿虽稀里糊涂，没弄明白局势，但见齐八角倒下，她也急匆匆地跑上前去：“八角兄，你怎么了？”

青武阳将人往地上一放，道：“死了。”

“死了？”灵九儿难以置信，“为什么，这好端端的人，怎么说死就死了？”

“早上的果子，你也给他送了？”

“送了啊。”

“那就对了，”青武阳冷声道，“炙木果，凡人入口必死。”

灵九儿看着齐八角满下巴的血，惊道：“不可能，我也吃了啊！”

她话音方落，整个人突然就被揽了起来。江陵将她带离湖边，狂风之下，他高声喊道：“神君无故擅闯我的地界，若想息事，便尽快离开。灵姑娘将会是我鬼界的人，今日之事从此不再做文章。”

青武阳俯身将师音凡世的遗体拦腰抱起，纵身一跃，飞到了一旁的巨大石块上，冷冷回了一句：“你想得倒美，可惜脸丑。”

灵九儿哭喊挣扎道：“你放开我，我的八角兄死了，我也不活了……”

“姐姐，你信我，”江陵死死揽住她，“我可以保护你的。”

青武阳站在巨石之上，神情漠然道：“就这点能耐！”

说着，他寻了一块平坦的地方，将手中尸体放下，随后腾空飞起，手中长剑幻出，如离弦之箭迅速飞向湖心。

只是不等青武阳挥剑劈下，一朵白莲从天而降，横隔在他身前，阻下他的招式。

随后，师音一身墨衫，广袖翩飞，自天边飞抵湖心，周身紫光蕴绕，白莲绕臂，宛如天神降世，镇压四方。

那日，灵九儿在万鬼窟哭得一把鼻涕一把泪，她真真想不通，找个小妖怪，竟能发生这么多事。

先是在那个什么死里逃生，后又得知自己认的弟弟竟然是一只鬼，这就算了，最后他还是鬼界的小少爷，还伙同鬼王要将她强行留下，剥皮剔骨去炼书。

这等噎在胸口的天大苦楚还来不及消化，从下凡开始便一直陪着她的好朋友齐八角却死了，还是她一手害死的，无奈湖里的厉鬼她又打不过，只能哭了。这哭着哭着，昔日倾慕对象来了，一顿操作猛如虎，一看结果，两滴心头血一取，送鬼入了轮回，天界最与人和善的小帝尊就此长眠了。

青武阳神君仿佛中了魔一般，险些把万鬼窟夷为平地，一通气撒完，他抱着昏死的帝尊，扬长而去。

没错，灵九儿就这么被众人，不，众神遗忘了。

同时被遗忘的还有齐八角的尸体，她守着那具尸体哪儿也不去，最终是被江陵敲晕了抱回去的。

等醒过来时，也只有江陵在她身边。

灵九儿捂着被子翻个身，背对着他道："你若还是我弟弟，还有那么点良心，把我剥皮剔骨后，要皮要骨，选一个吧。另一个送去给上清天，你们一家留一样，谁也炼不成书，总公平了吧。"

"姐姐胡说些什么呢。"江陵捧着一把果子戳戳她的背，"天上估计会乱上一阵子，等过段时间事情平息了，姐姐想去哪儿都行，若想要我陪，我便陪；若不要，我就和从前一样，自己玩。”

“对呀，仙女姐姐，你莫不是睡糊涂了，谁要剥你的皮呀？”

这声音……是小鹿妖？

灵九儿一骨碌翻身坐起，寻着声音找过去，那个坐在地上，头还不齐床榻高的小妖怪不是鹿鸣还能是谁？

它叼着一颗黑黝黝的果子，正要吞入口中。灵九儿抬手，一巴掌就给打掉了：“别吃，这果子吃了会死人。”

小鹿妖显然有些蒙，目光追着骨碌碌滚远的果子而去。

江陵摸摸它的鹿头，安抚道：“凡人吃了才会死，你是小妖怪，吃多少都没事。”

语毕，他看向灵九儿，接着道：“姐姐那位朋友齐八角，我已经查实了，是天上那位帝尊下凡历劫的凡身，那具尸首我也已经交代小鬼送回他凡间的家里了，特意卖给你果子的鬼贩也是受人怂恿的，你不必觉得内疚。”

唉！

这令人伤心的消息。

其实那天，灵九儿就已经隐隐约约察觉不对劲了，仔细想想，齐八角某些时候的一言一行、说话的语气神态，几乎和从前的师师相差无几，她只是一时接受不了，喜欢的人变成了两个，一个死了躺在地上，一个昏死了，被别人抱走了。

仙生艰难。

上清天，虚吾大殿。

外界都传玉清帝尊长眠不醒了，其实他只不过是在卧榻休养罢了，堂堂帝尊，说起不来床也是挺不来面儿的，只好找了个冠冕堂皇的理由，说是损精耗神，混元中修息去了。

这日，师音卧榻半月后，终于能勉强坐起身了，他叫来灵文侍奉左右，又将关了半月禁闭的织梦提来殿中，亲自审讯。

“婆婆是你放出去的？”师音只穿了一身里衣，袍子轻轻搭在背上，腿上还盖着薄褥。

织梦闻声，并未开口作答，只是将俯跪的身子趴得更低了。

殿内静默了良久，师音轻轻叹了口气，道：“织梦啊，从前我一直说你急躁，可我座下的三大掌事神官中，你又不算最急躁的，那破困办起事来更是毛毛糙糙不懂变通，但好在他憨傻，从不会偷近道走，而你就不同，急躁中又有些小聪明，那武阳神君随随便便一撺掇，你就跟他一起做傻事了？”

“帝尊，不是武阳神君撺掇属下，”织梦终于开口了，“是属下一早便说过，会帮帝尊想其他办法解决天冥河一事。”

师音头疼，扶额道：“你想的办法，就是下凡诱我去鬼界吗？”

“帝尊，天冥河的冤魂您能取心尖血去渡化，可那些怨魂纠缠您数万年，日日积攒着怨气不愿去轮回，若不是帝尊您非要担起罪责，那些人就是恩将仇报，死不足惜……”

“好了织梦，”师音打断道，“我瞧着你如今怨气也不少，这些事就先放一放，我知道你这么做是想让我早些解脱，咱们虚吾大殿能早些办场喜事，你说这事，谁都急，灵文也急啊，对不对？”

灵文在一旁立马点点头，应道：“对对，我也急。”

“可灵文有背着我做过什么坏事吗？”

灵文连连摇头：“没有没有，这个没有。”

“这就对了，什么事也不做，大家都相安无事。”师音拉了拉滑开的褥子，“你在一旁干着急，随便做点什么，你看我，险些没命不说，小九姑娘还能不能追回来都是两码事了，一点忙都没帮上。”

织梦跪在殿下，默了半晌，才轻声道：“属下知错了，请帝尊责罚。”

师音这番审讯，每句都在旁敲侧击她的错处，却没有一句是在怪她的错。织梦说完那声“责罚”之后，没忍住喉咙一哽，头压得更低了。

“行了，知错就好。”师音招招手，示意自己想躺下。

灵文立马上前来搀扶。

“你如今是我座下的官，我还能罚你，瞧那武阳神君，是受我二哥哥管的，脑子一糊涂，好不容易拼来的大将军之衔就这么没了，说你们点什么好。”

师音躺下后，双手习惯性地交握在小腹上，才道：“下去吧，免你三月的职，好好反思反思。”

“是。”

第十三章

我们明日就成亲

JIUGUSHU

一月后，灵九儿满血复活了，她说要离开鬼界，竟也没有一个鬼敢拦她，江陵还亲自将她和小鹿妖送到山道观里。

离开前，他特意嘱咐：“姐姐独自守着道观，若有什么要帮忙的，可随时叫我，我会时常来人间游历的。”

“你们真的不留我了？”灵九儿还有些不敢相信。

“姐姐既无心鬼界，我又何必强留。”

“……”灵九儿思索了片刻，还是决定问一问，“弟弟你不会是喜欢我吧？”

左边脸颊上戴着小小一块莲纹面具的少年咧嘴一笑，随后竟抬手摘下面具，指着自己脸上的疤，笑道：“你看，我们鬼界的全都长得丑，有生之年从未见过姐姐这般貌美的姑娘，仰慕罢了。”

那叫人不宜察觉的一丝落寞像极了曾经漫天红霞下坐在山崖边的落寞背影，灵九儿记得那时少年曾眼中噙着光，看着她道：“姐姐，你可愿意随我在这鬼界转转？”

江陵是鬼王的幼子，将来鬼界的下一任王，从小受尽父兄宠爱，可他是个喜欢往外面跑的孩子，人间的喧嚣热闹、天上的雅正清风，他都喜欢，他希望鬼界也可以热热闹闹的。

他更希望姐姐随他一起看看经他一手改造的鬼市后，能喜欢上那个地方，最好……也能顺便喜欢上他。

可最终没有，姐姐不曾喜欢。

灵九儿回到道观后，立志成为一个法术高强的女神官，还要拥有一个完美的仙生。毕竟小答应说得对，真正出事的时候，只有灵力术法才是她作为神官的最大保护伞。

是以，她日日抱着法术秘籍苦心钻研，道观的香火一日更比一日差，她竟也无心关注。

直到香火钱少了，小妖怪们能吃的东西越来越少，这才有几个胆大的，凑上前来问：“山主，山主，能否问问我们齐观主去哪儿了啊？”

“死了。”灵九儿冷冷回了两字。

“谁说我死了？”

师音披着他那一身神仙皮囊，对此表示反驳，可一众小妖谁也不认识他，包括灵九儿。

只见她抱着秘籍，小腰一扭，转身就走。

之后，师音又陆续来过两次，每次都吃了闭门羹。

回上清天之后，师音躺在榻上左思右想，想了许久，决定把被免职在家思过的织梦给寻来，诉苦道："小九姑娘如今完全不搭理我了，我无心休养，每日都觉得胸口憋闷，难以呼吸，原本我心中自有计划，能顺利将她哄得开开心心地回来，不曾想你和武阳神君在中间一搅，计划也搅乱了，我愁，很愁……"

其实就算他们不搅，师音也没什么办法去补他挖下的这些坑。可巧就巧在，有一日他突然想起飞花，于是他去花萼楼一问，得知灵九儿竟去问过一个如此荒谬的问题。

闹了半天，竟是小九姑娘将那一夜当成了梦。

于是，师音就寻思着，去寒泉将那个不小心弄掉的功德袋给捞了起来，找上了织梦，毕竟整个天界知道他和小九姑娘有过什么的人，只有她一个了。

织梦本就不傻，立马应道："帝尊想要我做点什么？"

于是，织梦就揣着那个功德袋下凡去了。

见到自己曾经的上司，灵九儿还算恭敬，拿到那个丢失的功德袋时，她惊讶道："咦，这怎么在织梦神君手里呀？"

"这个……"织梦小声道，"是我手下的宫娥在打扫卫生时捡到的。"

"打扫哪里的卫生啊？我这袋子丢了很久了。"

织梦更小声地道："寒泉，帝尊替九尊主挨了三日雷刑地火后，曾去那里疗伤，九尊主若是空了，可以想想自己的功德袋如何会掉在寒泉里呀？

若是难以想起，我可以帮九尊主回忆回忆，这第二日，帝尊曾命我差宫娥去给你梳洗……”

“停！”

灵九儿小手一抖，立马将织梦的话头给打断了。

亏得她没有八尺大刀，幸得她有八尺巨勺。

灵九儿扛着小答应直奔虚吾大殿，一勺将那莲池水砸得四处飞溅，让无数小嫩莲遭了殃。

在床榻上躺到腰疼的师音听见动静，心中一喜，姑娘上钩了。

师音哄了半天，终于将灵九儿哄进屋里，一边关门一边道：“小九姑娘，有什么事呢咱们关起门来慢慢说，这天上喜欢凑热闹的神仙太多了，得躲着点。”

“你！”灵九儿怒冲冲地出口一个字，便没了下文。

这种事情如何出口不说，主要是她也没问啊。

算了，完美的仙生更重要，撒完气就撤吧。

灵九儿收起勺子，转身准备走，师音连忙拉住她：“小九姑娘不说点什么了吗？”

“我不说了。”灵九儿倨傲道。

师音拉着她，靠近几分，轻声道：“可我有话想对你说。”

“你……”灵九儿耳朵一红，“你说什么？”

一道低沉又轻柔的声音响在耳边：“小九姑娘，我想了许久，觉得对你是真心的，以前总听你说喜欢，如今我也想说喜欢，我想娶你做夫人。”

他又道：“我思来想去，还是觉得应该同你说清楚。很多时候我是优柔寡断的，在事情还没发生之前就会考虑很多以后的事，这很不好，不好到面对你的喜欢时，我竟然在退缩。如今我想明白了，就算你躲着我，你怕我那些前尘往事，我也要追着你，你大抵不知道，等了好长好长时间才终于喜欢上一个人的感觉有多美妙，我不会再放你走的。”

灵九儿全身都麻了，只剩眼珠子会动。

她急得眼珠乱窜：“谁说我怕你了？我那明明是觉得咱俩地位悬殊太大，在一起是不会幸福的，这才躲着你。”

“你真的不怕它们？”

“开玩笑，”灵九儿不屑地道，“我什么妖什么鬼没见过，我会怕他们？”

师音眉眼一弯：“那我们明日就成亲，成了亲，我的钱就是你的钱了。”

“那……”灵九儿心一横，下决心道，“你会剥我的皮，剔我的骨吗？”

师音一愣，笑道：“我剥你的皮干什么？”

灵九儿一窘。

奈何在天界办婚事实在太过烦琐，师音那句“明日成亲”只当是空口白话了，光是婚宴的用品，织梦、灵文、破困三个大神官就足足操办了整整半年，还是在大家都十分亢奋的情况下，进度还如此之慢。

还有请帖、喜服、大婚礼仪……

灵九儿烦不胜烦，一溜烟跑去凡间道观里躲着了。

见她偷懒，师音睁只眼闭只眼，笑笑就过了，直到这日选好了婚服，他拿下凡去让她试试尺寸。

灵九儿穿上大红的喜服，尺寸是合适的，就是头顶的冠老是放不对位置，歪歪斜斜的。

见状，师音笑了好一会儿，才道："算了吧，改日去叫两个宫娥给你戴。"

"不行，我肯定能戴好，只是我不太方便弄。"

灵九儿寻思了一会儿，灵机一动，将师音按在床上，非要拿他的头来练手，这练着练着，两人就闹腾开了。

这时，有个小鬼跑进来，站在门外道："山主，江陵小公子送来一包上好的山核桃，你现在要吃吗？"

闻言，师音停下了动作。见他不躲闪了，灵九儿一双手在他头上拨弄，随口应了一声："放着吧，我现在不想吃。"

师音愣了好一会儿，沉思后，才问道："那个小少爷经常给你送东西？"

"对啊，"灵九儿还是随口应道，"都是些好吃的。那个核桃壳薄仁厚，小答应不发力，都险些将它敲个粉碎。"

师音又沉思了半晌，觉得还是很有必要往鬼界送张婚帖的。

灵九儿在他头上折腾了一会儿，玩累了才把凤冠给摘下来，往身旁小桌上一放，神情一肃道："师师，你真的不会剥我的皮，剔……"

"我不是说了嘛，"师音从身后将她抱住，两个指头有意无意地去扒拉她腰间的束带，“你若不信，我现在做给你看？”

灵九儿捉住他的手，小叹一声道：“你不知道《九骨书》吗？”

“我知道啊。”

“先前在鬼界，鬼王就想困住我，抓去剥皮剔骨，他们想拿我的皮骨炼出那本上古遗书，然后再用书里毁天灭地的秘籍掌控六界……”

灵九儿正说得自己都背脊发凉，师音却用头撞了她的脑袋一下，打断道：“你这个小脑袋里成天都装着些什么，这又是飞花的话本子里读到的？”

“不是。”灵九儿极其认真，“是在天上人间，两个小道士同我说的，当时我害怕极了，感觉好像身边所有人都想抓我去剥皮剔骨，再扔进丹炉炼化成书，我当下就跑了，还去莲池拐走了彩灯。”

“不错，很机灵。”师音将她转过来，四目相对，“既然你那么想知道那本书的秘密，我现在就告诉你，如何？”

灵九儿傻乎乎的，点头如捣蒜：“好啊，最好能给我个合理解释，你们天界为何不会抓我去炼书，否则这亲我就不结了。”

“这书，只有那些面相不堪的人才想要……”

说着，师音揽着她的腰，一个横压，将灵九儿按在了床上，随即俯面而下，唇齿碰撞于一处。

气息缠绵间，灵九儿抽空不解道：“你不是要说秘密吗？”

“别动，”师音单手摆正她的脸，“我正在取书呢。”说罢，又俯身下去了。

师音的手自她腰间盘桓而上，那根大红的束带不知何时便被解开了，那只手游走到她腋下，五指轻动，她身上的喜服便从肩头滑落了一半。

灵九儿感觉脸很热，眉间有一块指尖大小的地方更热，恍恍惚惚间，她瞥见师音从她眉心抽走了什么，脑中顿时清醒了几分。

“什么东西？”她问。

师音停下来，将书举在她眼前。

灵九儿定睛一看，那书的封皮很寻常，就和天书神官那里的许多书一样，绿皮封的。

见她愣着，师音笑道：“你说的能毁天灭地的《九骨书》，只是一本美颜神书而已，是你的长辈们研制了数万年才书写出来的。当年美人骨灭族时，是你娘亲将这本书封在你的灵识内，又设了个小禁制，只有你的夫君能将这本书取出来，这世上有许多半吊子的修仙之人，不仅道听途说，还喜欢添油加醋，这点我要警告你，从今往后，只能听我说的话，知道吗？”

灵九儿跳过他的警告，心中大概……有一万只奇丑无比的小妖怪奔腾而过：“美颜神书？”

“不然……”师音放下书，又凑近她几分，“你以为你脑袋里那些美颜秘方是凭空出现的吗？”

灵九儿此时只想将那两个不靠谱的小道拖出来暴打一顿。师音却没给她生气的机会。

温香缠绵间，那本绿皮封的书从床榻边沿“啪嗒”一声掉在了地上，封面赫然三个大字：九骨书。

若再细看，那下方还有一排小字——你的美颜之路，从翻开这本书开始。

第二日，这本书便同一封婚帖一齐送往了鬼界，而那位天界万年单身帝尊的大婚喜讯也由此在六界疯狂传播开来。

—正文完—

取书

为什么鬼族想抓我?
他们想要改善下一代的样貌。
这就是了。
九骨书
你的美颜之路，从翻开这本书开始。
就这???
剥皮脱骨呢?!
……真相竟然如此“沙雕”吗?
……

番外

每时每刻都想要保护的人

J I U G U S H U

师音在大婚前又下凡了一趟，却不是去找灵九儿的。

在武阳城外的一座小山头上，有一间茅草屋顶的小房子，那房子虽小，前面的院子却出奇大。

旧地重游，恍惚间，师音仿佛在那院中看见了一大一小两道身影。

大的那个扛着锤头，边敲边道：“这习武之人啊，住可以住小的，但院子一定要大，以后扎步舞剑才会更自在。”

小的那个扶着木桩，闻言，便用力地把桩子往外挪了挪，仰头道：“兄长，那将木桩钉在这里，怎么样？”

那被唤作“兄长”的人弯唇一笑，道：“青弟想钉在哪里都可以，左右这座山头，一草一木皆是你的。”

“好，那就这儿了。”

这样一番兄弟和睦的美景很快便在师音的眼前消失了，取而代之的是院中身板挺直的少年挥剑起舞的模样，那脚下尘土飞扬，山间枯叶纷飞。

片刻，那少年察觉到他，立马收起剑势，将长剑往兵器架上一扔，冷声道："帝尊大婚在即，竟还有闲情来看我舞剑？"

"武阳神君剑舞得漂亮，自然值得一看。"师音说着就走进院内。

见他进来，那少年转身便往屋里走。

青武阳每一步都没走错，却错在了他为之精心谋划的那个人身上。

天界掌管武神的是师音的亲哥哥，就算他能明白此番谋划的用意，可也容忍不了有人将自家弟弟设入计谋之中。

青武阳被削去南门大将军之职，贬为低等武官，于天界来说，是个可有可无的角色。

师音跟着走进屋里，见屋内矮桌上竟摆放着一套小巧精致的茶具，于是略讶异道："武阳神君好雅致，竟有耐性用这些烦琐的茶具泡茶喝呢。"

"摆设罢了。"青武阳站在木架旁，用悬挂的粗布擦着额间的汗水，"帝尊恐怕要将称呼改改了，我如今不过就是一个低等武官，当不得'神君'这个名头。"

师音捏着一个茶盏晃了一圈："换成什么？"

"随你。"

"青弟如何？"

青武阳一愣，随即又冷冷出口："随你。"

师音把杯盏放下，再问："我大婚你来不来？"

“不来。”

“孩子出世呢？”

“不来。”

“满月呢？”

“不来。”

“那你这个小叔父可当得太不称职了，”师音起身欲走，“你这样，孩子长大了可就不喜欢你了。”

青武阳擦汗的手一顿，神情冷漠道：“那不知帝尊觉得自己这个兄长当得可称职？”

“我自觉称职。”师音回身看他，“你七岁，我将你带在身边，日日教你念书识字，提枪舞剑，陪着你将一座死城重现繁荣，不觉得有错。”

青武阳将那片粗布拽下，紧紧捏在手中：“我也认为你没有错，十七岁，敌国来犯，你要亲自带兵杀敌，我劝阻你别去，你不听，最终马革裹尸；飞升后，我得知你将那些死魂带回天冥河，我劝你不要胡乱担罪，你不听，最终仙身受损；一直到那场仙魔大战，我还是劝你不要去，你仍然不听，最终金丹没了，空有一个天神之名；我费尽心力筹划到最后，你一念不杀，让我被贬至此，是，你心中自有大义，这数万年来，唯独我固步自封，日日担忧你会在什么时候、什么地点突然死去，是我的错。”

“青弟……”师音牢牢盯着他，神情动容，“我知道你担心我，可每个人都有自己的处事方法，有自己的选择，是杀是渡，最终都会出现一个结果，至于这个结果如何，是那个做出选择的人该承担的后果，你可明白？”

争吵至此，青武阳撇开脸不让他看，也不再出声回应。

师音轻轻叹了口气，转身走的同时，说道：“你贬职一事，我会同二哥私下里说说。你静心在这里待一段时间，等事情过了，自然就能复职。”

话音落的同时，身影也消失在院外。

青武阳在木架旁呆站了许久，直到脚趾发麻，才轻轻挪动了一下身子，呆滞间转眼看到小桌上静静躺着一颗糖，糖纸上印着滚金大字：囍。

他顺手将粗布往眼睛上用力一擦，也不知是过于用力，还是本身就在掩盖什么，那双眼睛再次抬起来时，眼眶通红，水雾蒙胧。

师音大概永远都不会知道，自己在这个少年心里是一种什么样的存在。

少时，有同龄的孩子疑惑他为何对兄长如此言听计从，他仰着头，骄傲道：“兄长是令我重生一次的人，我该一生都敬仰于他，他若说什么、做什么，绝对不会错。”

初学人生情义时，学堂的老师问过一个问题：“各位学子心中，有没有一个想要保护的人？”

他第一个举手作答：“有！”

那一喊，掷地有声，老师收起折扇，和蔼地敲了敲他的头，温声道：“很好，若有历经磨难之时，你也一定会有重新爬起来的信念。”

于师音来说，那个七岁小孩是武阳城中的奇迹，也是他的奇迹。可于青武阳来说，那个从尸堆里将他一步步领向光明的人，是他每时每刻都想要保护的人。

但偏偏，他每一次都保护不好。

本书由韦恩委托长沙大鱼文化传媒有限公司正式授权天津人民出版社，在中国大陆地区独家出版中文简体版本。未经书面同意，本书的任何部分不得以图表、电子、影印、缩拍、录音和其他手段进行复制和转载，违者必究。